Angelika Wende
Weil ich endlich geliebt sein will

AF191572

 *Angelika Wende*, geb. 1959, studierte Germanistik und Literaturwissenschaft. Nach einer Tätigkeit als freie Journalistin im Bereich Feuilleton arbeitete sie für den TV-Sender Pro7.

1991 wechselte sie zum ZDF, unter anderem für zwei Jahre als heute-Nachrichtensprecherin, bis sie sich 2004 nach einem schweren Autounfall aus der Öffentlichkeit zurückzog. Sie widmete sich dem Schreiben, der Malerei und kuratierte Kunstausstellungen. Sie ließ sich zur Psychologischen Beraterin ausbilden und betreibt heute in Wiesbaden eine Praxis. In ihrem Blog *Zwischen Innen und Außen* schreibt sie über die menschliche Psyche.

Zum Blog: www.angelikawende.blogspot.com

Bisher sind von der Autorin erschienen:

Farben der Tränen, Arboresal Verlag, 2003
Ich hatte Angst ..., Arboresal Verlag, 2003
Ein neues Zeitalter einer alten Heilkunde, (mit Dr. Norbert Merz) Arboresal Verlag, 2008

Angelika Wende

Weil ich endlich geliebt sein will

Aus der Innenwelt einer Co-Abhängigkeit

Impressum

Bibliografische Information der Deutschen Nationalbibliothek:
Die Deutsche Nationalbibliothek verzeichnet diese
Publikation in der Deutschen Nationalbibliografie;
detaillierte bibliografische Daten sind im Internet
über http://dnb.dnb.de abrufbar.

Covergestaltung unter Verwendung eines Gemäldes von
Angelika Wende

Verlag: BoD · Books on Demand GmbH, In de Tarpen 42,
22848 Norderstedt
Druck: Libri Plureos GmbH, Friedensallee 273,
22763 Hamburg
ISBN: 978-3-7693-2390-0

Für D.

Es gibt kein größeres Verlangen als das eines Verwundeten
nach einer anderen Wunde.

George Bataille

PROLOG

Langsam stirbt, wer die Liebe zu sich selbst zerstört;
wer sich nicht helfen lässt.

Pablo Neruda

Überwältigt von inneren Impulsen bringt die unersättliche Gier den Trinker dazu, mehr zu wollen. Mehr, immer mehr. Unfähig, die Befriedigung des Bedürfnisses aufzuschieben, wird die damit verbundene Erregung genossen. Ein Drang, der gestillt werden muss, ein Verlangen, das so stark werden kann, dass er meint, sterben zu müssen, wenn er diesem Drang nicht nachgibt. Schließlich ist er besessen davon, mit dem Suchtmittel eins zu werden. Wenn er das Gefühl hat, eins mit ihm zu sein, ist er glücklich. Für eine Weile dämpft es den inneren Schmerz. Wieder nüchtern kehrt der Schmerz zurück, treibt wieder in die süchtige Verstrickung. Das Maß geht vollends verloren. Die Grenzen verschwimmen, der Trinker ist symbiotisch mit dem Alkohol verschmolzen. Bis die Symbiose sich verdichtet, hin zur Erstarrung der Seele. Der Kontakt zum eigenen Ich, zum Du und zur Welt ist verloren. Der innere Schmerz wird unerträglich. Allein der Alkohol verschafft jetzt noch kurzfristige Linderung. Er dämpft das Leiden, bis es schließlich zur Auflösung von Ich, Du und Welt kommt.

1

WAHNSINN

Selbst der Gesündeste beginnt an sich zu zweifeln,
wenn er mit einem Alkoholiker zusammenlebt.
Alkoholismus schafft verzweifelte Menschen.
Sucht zerstört den ganzen Menschen.
Sucht macht so ich-süchtig, dass jedes Gefühl abstirbt.
Sucht macht so taub, so leer, so kalt,
dass alles andere darunter begraben wird.

Mai 2018

An der gegenüberliegenden Hauswand sind über Nacht die lilafarbenen Blüten der Glyzinien aufgebrochen. Ihr süßlicher Duft weht ins Zimmer, als ich das Fenster öffne. Wieder ein Frühling ohne dich. Ich denke an dich. Es vergeht kein Morgen, an dem ich nicht an dich denke und an die Nacht, in der du mich angerufen hast und mit lallender Stimme sagtest: „Ich kann nicht mehr. Ich habe kein Leben mehr. Ich bringe mich jetzt um."

Ich habe dich angefleht, habe versucht, mit dir zu reden, zu dir durchzudringen.

Du hast aufgelegt. Gefühlte hundert Mal habe ich deine Nummer gewählt. Keine Antwort.

Ich habe den Notruf angerufen. Zwanzig Minuten später klingelte mein Telefon.

„Hier ist der Notarzt. Sind Sie sicher, dass er in der Wohnung ist?", hat er mich gefragt.

Ich sagte, dass ich mir sicher bin.

Sie haben die Tür aufgebrochen und dich bewusstlos aufgefunden, dich ins Krankenhaus gebracht, dir den Magen ausgepumpt und dich auf die Intensivstation verlegt.

„Das war knapp, hätten wir ihn später gefunden, wäre er tot gewesen", meinte der Notarzt, der mich in der Nacht noch einmal angerufen hat. „Sie haben ihm das Leben gerettet!"

Du hast es überlebt. Die Tabletten, die Flasche Wodka, die Intensivstation.

Zwei Tage später hast du dich selbst entlassen, nachdem du dem Psychiater versichert hast, dass du sturzbesoffen warst und nicht bei Sinnen und so was nicht wieder tun wirst. Am gleichen Abend hast du mich betrunken angerufen, hast gesagt, du müsstest dein Gewissen erleichtern.

„Ich habe dich in all der Zeit ständig betrogen", hörte ich deine alkoholschwere Stimme, „Paula, jetzt habe ich dir die Wahrheit gesagt. Du entscheidest, ob es einen Neuanfang für uns gibt."

In mir Schock, Fassungslosigkeit, etwas wie Sterben.

„Ich musste mein schlechtes Gewissen endlich loswerden, ist mir klar geworden, als ich auf der Intensivstation lag. Bitte verzeih mir."

Ich habe aufgelegt.

Ich habe seit diesem Abend nicht mehr mit dir gesprochen.

„Die Wahrheit nämlich ist dem Menschen zumutbar", schreibt Ingeborg Bachmann.

Ist sie das, frage ich mich? Auch wenn die Wahrheit eine schreckliche Zumutung ist?

Das Misstrauen ist immer da, wie eine Nebelwand, die sich aufbaut zwischen mir und jedem, der sich mir nähert. Kann ich jemals wieder die sein, die ich war, bevor du mir den Boden des Vertrauens unter den Füßen weggezogen hast? Ich vergesse nicht, wie hart die Landung war. Als wären sämtliche Knochen gebrochen, alle Weichteile zerflossen, das Herz zerrissen, ein allumfassender Schmerz, ein mörderischer Hass, ein Zerstörenwollen, dich zerstören wollen, mich zerstören wollen. Kann ich noch an die Liebe glauben und wenn nicht an die Liebe, doch zumindest an das Gute, oder stehe ich für immer lieblos auf wankendem Boden?

Kann ich einem Menschen noch unvoreingenommen begegnen, ohne zu fürchten, dass auch dieser Mensch Abgründe hat, die er verbirgt und in die er mich hineinziehen wird, wenn ich ihm mein Vertrauen schenke? Menschen sind voller Abgründe. Manche Abgründe sind so tief, dass einen das Grauen packt. Wer jemals in einen solchen Abgrund gestürzt ist, verändert sich. Zu erfahren, dass man über Jahre hintergangen, belogen und betrogen wurde, legt einen Schalter um. Werte, die unumstößlich schienen, zerbrechen. Das Bild, das man vom anderen und von sich selbst hatte, vom gemeinsamen Leben, ist zerstört. Ich vertraue mir selbst nicht mehr, nicht meiner Wahrnehmung, nicht meinen Gefühlen.

Denn wie kann ich mir selbst noch vertrauen, nachdem ich mich so habe täuschen lassen? Habe ich mich getäuscht, weil ich die Wahrheit nicht sehen wollte?

Ich fühle mich beschmutzt. Ich möchte vor Scham im Erdboden versinken. Nicht mehr gesehen werden, mich auflösen, verschwinden vor den Blicken der anderen und den meinen. Das ist das Schlimmste: die Scham. Mir selbst nicht mehr der vertraute Mensch zu sein. Wertlos, minderwertig, ein Nichts. Mein Selbstbild ist in tausend Stücke zerbrochen. Identitätsdiffusion, innere Fremdheit, Orientierungslosigkeit, Auflösung, Angst. Wie naiv war ich, wie blind, wie taub? Habe ich es nicht sehen können oder wollte ich es nicht sehen? War alles eine Farce? Wer war Vincent? Habe ich ihn überhaupt gekannt? Und wer bin ich? Kenne ich mich überhaupt?

Ich habe mich zur Betrogenen gemacht, dich eingeladen, mit einem unbewussten „Mit mir ist es möglich."

Ich muss mein fragmentiertes Selbst wieder neu zusammenfügen. Ein Verrat bringt nicht nur den Schatten des Verräters ans Licht, er verweist auch auf den eigenen. Um den muss ich mich kümmern. Der Verräter darf mich nicht mehr interessieren.

Nachdem all die Wut, der Hass, der Zorn, die Rachegedanken, die sich gegen dich richten, in Schmerz und Trauer verwandelt sind, muss ich mich mir selbst zuwenden. Tue ich es nicht, bin ich verloren. Ich muss erkennen, was mein Anteil war, um nie wieder im Abgrund eines Verräters zu landen, um die Angst vor der Wiederholung zu verlieren, die Angst davor, mich neu einzulassen, mich fallen zu lassen, zu vertrauen und wieder zu lieben.

Ich will lieben.

Es gibt Menschen, die so gekonnt manipulieren und lügen, dass wir nicht fähig sind, es zu erkennen. Es gibt sie, die Masken der Niedertracht, es gibt Narzissten, Psychopathen, Soziopathen, Süchtige und notorische Betrüger. Sie sind schwer zu entlarven, weil sie eine Gabe haben: Sie spüren instinktiv unsere tiefste Sehnsucht. Das ist der Riss, durch den sie eindringen ins Innerste. Sie wissen, was sie tun müssen, um unser Herz zu erobern und es dann zu brechen. Sie wissen, wie sie alle Schutzmauern einreißen, um uns verwundbar zu machen und es zu tun. Sie sind Meister der Manipulation und der Lügen. Sie sind fantastische, überzeugende Schauspieler. Und wir spielen mit, die

Rolle, die uns zugedacht ist, und wir merken es nicht. Weil wir lieben. Weil Liebe blind macht. Weil wir bedürftig sind nach dieser einen Liebe, die es nie für uns gab. Und plötzlich steht sie vor uns ganz groß, ein Blendwerk, und wir sind geblendet. Es ist möglich. Es ist sogar möglich, dass wir intuitiv um die Blendung wissen, aber die Sehnsucht ist größer als die Klarsicht. Sie ist größer als die Vernunft. Diese Sehnsucht, die endlich erfüllt scheint, ist die Falle, die zuschnappt. Schmerzhaft am Ende. Dann, wenn die Wahrheit erscheint. Die Wahrheit über den anderen und unsere Wahrheit, die wir nicht wahrhaben wollen und jetzt erkennen müssen: Wir sind Abhängige der Liebe. Nur einmal wollen wir geliebt werden um unserer selbst willen. Ankommen. Wo sind wir angekommen nach dem Verrat? Im Tiefsten wieder bei uns selbst, bei der Wunde dieses ungeliebten Kindes, das wir schon immer waren und noch immer sind. Wir werden es so lange bleiben, bis wir uns selbst geben können, was wir woanders erfolglos suchen. Erst wenn wir uns Liebe selbst geben können, werden wir Misstrauen in Vertrauen wandeln – in uns selbst. Dann erst können wir dem Richtigen, der Richtigen, unser Vertrauen neu schenken. Wir werden uns selbst nicht mehr verraten und niemand wird uns mehr verraten können. Wir sind wach.

Der Albtraum hat ein Ende. Die Erinnerung nicht.

2

ABSCHIEDE

Es war einmal ... ein Ich und ein Du und ein Wir

Dezember 2016

Unsere Träume sind Botschaften aus dem Unterbewussten. Manchmal haben wir Träume, die Carl Gustav Jung als "große Träume" bezeichnet hat. Ich habe einen großen Traum geträumt.

Es ist die Woche vor Weihnachten. Ich habe Schmerzen. Sie müssen den Backenzahn ziehen. Ich habe Angst. In der Nacht zuvor träume ich von einem Schmetterling, der auf mein linkes Auge fliegt. Er saugt sich fest. Ich bin starr vor Schreck. Nach einer Weile fliegt er weg. Ich schaue in den Spiegel. Sehe mein Gesicht. Ein Auge ist ganz klein und innen blutrot. Die Haut darunter ist aufgequollen. Ich zeige mich dem Mann, der plötzlich an meiner Seite ist.

„Schau, mein Gesicht", sage ich, „es ist entstellt."

„Ja", sagt er, „aufgedunsen ist es."

„Es war der Schmetterling", sage ich.

Vor dem Spiegel untersuche ich mein Auge. Ich sehe einen Wurm. Ich drücke auf dem Auge herum. Es gelingt mir, den Wurm herauszudrücken.

„Sieh her", sage ich zu dem Mann, der kein Gesicht hat, und lege ihm den Wurm in die Hand. Angewidert wirft er ihn zu Boden.

Ich wache auf. Ich bin allein im Bett, allein im Zimmer. Verzweifelt allein.

Vor vier Wochen bist du gegangen. Wie so oft, nachdem du für Wochen da warst. Immer bist du gekommen, um wieder zu gehen. Dieses Mal wirst du nicht wiederkommen. Dieses Mal ist es ein Abschied für immer, habe ich gesagt. Du hast gesagt, dass du mir das nicht glaubst.

Der Wurm, den ich aus dem Auge herausdrücke, bist du, der sich in mich hineinfrisst, den ich seit sieben Jahren versuche herauszudrücken im echten Leben, nicht im Traum. Da ist es mir gelungen herauszudrücken, was mich innerlich zerfrisst.

Der Schmetterling bist du, der vor sieben Jahren in mein Leben geflogen kam. Du, das Glück, das endlich kam, mit einer Selbstverständlichkeit, als habe es schon immer zu mir gehört. Mein großes Glück, das zu meinem großen Unglück geworden ist. Der schöne Schmetterling, der sich in einen Wurm zurückverwandelt, sich verpuppt in etwas Ekliges, Abstoßendes, das ich aus mir herausdrücke, weil es nicht zu mir gehört.

Ich will sie nicht mehr fühlen, die Fassungslosigkeit, die Trauer, die Enttäuschung, den Schmerz um das, was verloren ist. Wie eine Krankheit zum Tode nagt der Verlust an mir. Ich will dich vergessen. Es gelingt mir nicht. Ich bin krank an der Seele. Auch mein Körper ist krank. Krank an Krankheiten, die ich zuvor nicht einmal kannte. Ich habe Angst zu sterben, ohne dich noch einmal gesehen zu haben.

Und doch will ich dich nicht sehen. Ich will den Verfall nicht sehen, dem du dich übergeben hast. Deine Selbstzerstörung ist so schrecklich, dass ich den Anblick nicht ertragen will. Er könnte mich auf der Stelle töten. Aber das wäre vielleicht sogar eine Erlösung. Ich weiß nicht mehr, wozu ich lebe.

Meine Liebe, wo ist meine Liebe? Sie war doch gerade noch hier.

Ich habe dich geliebt vom ersten Moment an. Deine kindliche Zuneigung, deinen jungenhaften Charme. Dein glattes ebenmäßiges Gesicht, alterslos und immer ein Lächeln in den nach oben geschwungenen Mundwinkeln. Deine Haut, wie Seide so glatt und weich. Dein Ausdruck, zart, zerbrechlich, verletzt, aber nicht resigniert. Die leise Melancholie, in die du von einem Moment auf den anderen gleiten konntest und du trotzdem lächeltest, wenn ich in deine Nähe kam – sie hat mich berührt im Tiefsten.

Du warst einer von meiner Art. Ähnlicher als jeder, dem ich zuvor begegnet bin und doch anders. Du hast geleuchtet, hattest eine kindliche Freude in dir. Deine sichtbare Freude, mich zum Lachen zu bringen, mich lachen zu sehen, diese Freude, die dich glücklich machte und mich. „Gelungen, Kleinstes lacht!" Ich lachte so viel mit dir. Trotz deiner Trauer gab es immer auch deine Freude. Du hast sie in mein Leben gebracht. Es war eine Erlösung. Mit dir konnte ich für Momente in der Zeit meine Schwere verlassen. Sie fiel von mir ab, als hätte es sie nie gegeben. Ich wurde zu dem Kind, das ich niemals war, niemals hatte sein dürfen, fröhlich, unbeschwert, albern, leicht. Ich lernte zu spielen, absichtslos, ließ mich mitreißen von deiner Leichtigkeit und deiner Unbeschwertheit, du hast dich in meine Tiefe leiten lassen, wenn sie kam, und hast mich getröstet.

Du hast mich verstanden ohne Worte. Es gab nichts, was ich an Worten nicht sagen konnte, es gab keine Tabus.

Du hast mich gefühlt, wie ich dich gefühlt habe, dein Ganzes und mein Ganzes waren eins. Du hast mich sein lassen, in dich hineingelassen. Ich war lebendig mit dir. Lebendig mit allem, was Lebendigsein ausmacht.

Du hast in den Tag hineingelebt, wenn du kein Engagement hattest. Zeit spielte keine Rolle. Du hast die Uhr vor oder zurückgedreht, wie es dir gefiel. Meine Uhr an der Küchenwand hast du schon am ersten Morgen abgehängt. „Wir sind Zeitlose", hast du gesagt. Stunden konntest du im Bett liegen und träumen, während ich aufräumte, arbeitete oder Essen zubereitete. Hast du gekocht, war die Küche ein Chaos. „Kochen ist wie spielen", hast du gelacht, mich in die Arme genommen und geküsst, mich schmecken lassen, was du zubereitet hast.

"Komm, schmeck mal die Melone, wie süß sie ist, süß wie du. Probier den Chili, trau dich, lass es brennen, spür dich."

Ich habe mich gespürt. In jeder Faser meines Körpers, in meiner Seele.

Das Selbstverständliche wurde mit dir zum Besonderen. Du warst der Magier aus dem Tarot, fähig, Traumschlösser auf die Erde zu holen, in denen man tatsächlich leben konnte. Ich und du, wir beide in unserer Welt und sonst gar nichts. Du warst dir deiner Ausstrahlung bewusst, hast mich geblendet mit deinem Zauber. Du hast Tag in Nacht verwandelt und Nacht in Tag. Hast das Dunkel ins Licht getaucht. Und das Licht ins Dunkel. Und immer sagtest du: "Ich muss Dornröschen aus ihrem hundertjährigen Schlaf wecken, wenn ich müde wurde." Jede Begrenzung zwischen dir und mir hast du aufgehoben, meine Dornenhecke weggezaubert. Ich bin dir verfallen, in dich gefallen, du hast meine Angst, fallengelassen zu werden, weggevögelt. Ich fühlte mich geborgen in dir. Mit dir fühlte ich mich unzerstörbar.

Die Zerstörung kam auf mich zu. Ich blieb stehen.

Es ist fünf Uhr früh. Ich stehe auf, gehe in die Küche und mache Kaffee. Als ich das Fenster öffne, schlägt mir eiskalte Luft ins Gesicht. Ich weine wie jeden Morgen. Weinend setze ich mich an den Schreibtisch, öffne das Dokument auf dem Laptop und beginne zu schreiben. Das Land, in dem ich lebe, heißt Einsamkeit. Die Erinnerung an dich ist meine einzige Gesellschaft. Ich wünsche mir, sie würde mich verlassen. Jeden Morgen wünsche ich es mir. Einmal einen Tag ohne Gedanken an dich. Alle Tage ohne Gedanken an dich. Die Erinnerung verlässt mich nicht. Wahr ist, ich kann sie nicht verlassen. Alles, was meinem Leben Halt und Gewissheit gab, wird durch sie aufgesogen.

Ich weiß nicht mehr, wer ich bin. Ich weiß nur, ich bin nicht mehr die, die ich war und werde es nie mehr sein.

In vier Tagen ist Heiligabend.

In diesem Jahr bin ich ohne dich, während du bei der Frau bist, bei der du dich eingenistet hast. Ständig bist du bei dieser Viola, die dich mit Essen und Alkohol versorgt. Viola, die mich nicht mochte, vom ersten Moment an, als du mich ihr vorgestellt hast, mit der du in diesem Jahr deinen Geburtstag gefeiert hast und all die anderen Feiertage, an denen ich auf dich gewartet habe. Jetzt liegt sie im Krankenhaus nach einem Autounfall.

„Viola ist unverwüstlich, die schafft das", sagst du am Telefon. „Außerdem hat sie ja mich, ich kümmere mich um sie."

Wer kümmert sich um mich, während du dich um eine andere Frau kümmerst, mit der du eine Mauer gegen mich errichtet hast? Du, mit ihr, hinter einer Mauer aus Gleichgültigkeit mir gegenüber. Es berührt dich nicht, wenn ich dir sage, wie sehr es mich kränkt, dass du bei ihr bist, mit ihr deine Tage und deine Abende verbringst während ich hier im Bett liege mit einem gezogenen Backenzahn, mein Mund voller Blut und dich anflehe: „Vincent, komm, ich halte es nicht mehr aus, die Sehnsucht und die gottverdammte Einsamkeit. Bitte, komm und wir sind zusammen an diesem Weihnachten. Du und ich, weil wir uns lieben."

Dass du keinen Bock hast, sagst du, dass ich mich von dir getrennt habe und dass du es satthast, dass ich dir Stress mache, wenn du trinkst und dass es mit Viola entspannter ist.

Ich habe ein Loch im Kiefer und ein Loch im Herzen. Du hast mich fallen lassen für ein bequemes Trinkerleben. Du hast unser Wir verlassen mit jedem Glas, das du runtergekippt hast. Fragst du dich manchmal, ob es die richtige Wahl ist? Ist das jetzt dein Leben, der Gefährte einer Trinkerin, die dich aushält? Ich warte hier auf dich und mit mir ein gemeinsames Leben. Du willst es nicht, du willst in Ruhe trinken. Ich existiere in deinem Leben nicht mehr. So einfach ist das. Ich will es nicht glauben. Ich weiß nicht mehr, was ich will.

Komm wieder klar, Paula!

Januar 2017

Ich verlasse das Haus nur, wenn ich Essen kaufen muss. Die Fassungslosigkeit, die mich befallen hat, will nicht verschwinden. Sie haut mir den Wahnsinn in den Kopf. Ich bin dabei, ein wahnsinniger Mensch zu werden.

„Verrat!", schreit der Wahnsinn. „Er hat dich verraten."

Meine Bitten haben dich gleichgültig gelassen. Wieder einer, der mir sagte, ich liebe dich und es vergisst. Ich ertrage die Liebe nicht mehr. Verlogene, kaputtmachende Liebe. Verzweiflung haust in diesen Räumen.

Ich will nur noch schlafen. Schlafen, nicht mehr fühlen. Nicht mehr träumen.

Im Wachsein warte ich auf meine Auslöschung und beobachte mich dabei.

Ich habe Angst vor mir selbst. Angst vor der Tat, die ich im Kopf durchspiele. Wieder und wieder daran denken, mir das Leben zu nehmen. Um dich zu erreichen, weil ich weiß, dass nur Tote dir etwas bedeuten. Ich will etwas bedeuten für dich. Ich will nicht ausgelöscht werden. Aber dich lösche ich aus meiner Freundesliste auf Facebook.

Stunden später rufst du an: „Wieso hast mich auf Facebook gelöscht? Ich würde dich nie aus meinem Leben löschen."

Ich antworte dir nicht. Ich drücke die Aus-Taste.

Vincent, nicht ich habe dich, sondern du hast mich aus deinem Leben gelöscht, die Nachgeburt, wie sie mich nannten damals. Hätten sie mich doch in den Müll geworfen damals. Sie hätten erledigt, wozu ich nicht fähig bin.

Unzählige Male bin ich in die Küche gegangen, habe das Messer aus dem Messerblock herausgezogen, es in die Hand genommen, mir vorgestellt, wie ich es mir ins Herz ramme. Das Herz, das niemals geliebt werden wird. Und es dann doch gelassen, das Messer zurückgelegt. Weiterleben. Drüber leben. Wieder ein Tag. Nur für Heute. Mir Mut gemacht, weil mir der Mut fehlt, mich umzubringen. Ich bin ein feiges, jammerndes Kind, das schreit: „Bitte hab mich lieb!" Keine Resonanz. Nur der Abgrund, in den ich falle. Tiefer. Immer tiefer.

Ich sehe es vor mir, das magere, von Selbstsucht gezeichnete Gesicht dieser Frau, die dir die Liebe zu mir abgekauft hat, mit jedem Schluck Wein, den sie dir ins Glas gießt, bis es genug ist, um dich in ihren Säuferinnenabgrund zu ziehen. Ich sehe ihre Augen. Leer wie die Leere in ihrer Seele, die nicht zu stopfen ist, niemals, egal was sie sich kauft, auch wenn es ein Mensch ist. Ich stelle mir vor, wie du ihr gibst, was sie will, weil sie dir gibt, was du brauchst, den Alkohol. Der Ekel packt mich. Ich renne ins Bad. Ich kotze die Kloschüssel voll. Dieses kalte, versoffene Du, dem es gleichgültig ist, ob es sich selbst und mich mit zerstört, das bist du nicht. Dieses kotzende Elend, das bin ich nicht.

Es gab nur dich von dem Moment an, da wir uns begegnet sind. Etwas von dir glitt in mich hinein, so tief, dass es mich vollkommen ausfüllte. Du schienst mir verloren wie eine Waise. Ich habe deinen Schmerz gefühlt. Ich wollte ihn dir nehmen. Gleich zu Anfang hast du gesagt, dass du ein Alkoholproblem hast. Ich habe es zur Kenntnis genommen. Wahr ist, ich wollte es nicht wahrhaben. Es war ein Makel, der nicht zu mir passte und zu dem Leben, das ich führte. Es wird schon werden, dachte ich, wenn ich ihn genug liebe. Etwas in mir glaubte, dass mein Dasein dein Leben besser macht, dich glücklich macht, dich gesund macht.

Dein „Vertrau mir nicht!", habe ich gehört.

Ich habe dir vertraut, weil es mir gefällt zu vertrauen.

Am Anfang hast du dich zusammengerissen. Je länger wir zusammen waren, desto hemmungsloser hast du getrunken. Mit der Zeit hat dich das Saufen hässlich gemacht. Aus dem gutaussehenden Mann mit dem kantigen Jungengesicht wurde ein aufgedunsener Typ mit wässrigen Augen und einem himbeerroten Teint.

Du hattest nichts Dringenderes im Kopf als den ersten Schluck Bier, Wein oder Wodka am frühen Abend. Ich habe geweint. Ich habe gedroht zu gehen. Ich bin geblieben. Ich habe dir versprochen, an deiner Seite zu sein, wenn du einen Entzug machst und in eine Klinik gehst. Ich habe gesagt, wir stehen das gemeinsam durch. Ich war mir sicher, den kreativen, sensiblen Mann, den ich immer noch in dir sah, zum Leben erwecken zu können, wenn er trocken ist.

„Ich will nicht aufhören, Trinken ist Glückseligkeit für mich", wie oft hast du das gesagt. Ich war ohnmächtig deinem Glück gegenüber.

„Wir brauchen nur uns", auch das hast du immer gesagt.

Ich brauche dich, Vincent, immer noch, aber ohne den Suff. Schon dieses Brauchen hätte mir sagen müssen, das ist keine Liebe. Liebe ist niemals Brauchen. Mein Brauchen wollte, dass es Liebe ist.

Ich habe dich oft verlassen, in den Jahren seit unserem Anfang. Ich habe dich verlassen, weil ich verzweifelt war. Ich habe dich verlassen, weil du mir unmissverständlich klar gemacht hast, dass du immer trinken wirst. Ich habe dich verlassen, weil ich sah, wie sich dein Leben im Alkohol auflöst. Ich habe dich verlassen, weil ich erkannte, dass die Sucht nur ein Teil deines kranken Wesens ist. Ich habe dich verlassen, weil ich immer trauriger wurde und ganz hoffnungslos. Du hast nicht um mich gekämpft. Du hast gesagt, du verstehst mich. Immer war ich es, die zu dir zurückgekommen ist.

Jetzt gibt es kein Zurückkommen mehr.

3

ES WAR EINMAL

Sucht ist Schmerz.
Sucht ist Angst.
Sucht ist Drama.
Sucht ist Trennung.
Sucht ist Zerstörung.
Sucht ist Ohnmacht.
Sucht ist Siechtum.
Sucht ist Abwesenheit von Liebe.

Oktober 2016

Ich renne durch die Straßen, um pünktlich zu sein. Mit klopfendem Herzen setze ich mich an einen Tisch vor das kleine Café, das du so gerne magst und bestelle mir einen Kaffee. Ich hole die Zigaretten aus der Tasche und zünde mir eine an. Du bist nicht da. Ich ärgere mich, dass ich mich so abgehetzt habe. Eine warme Herbstsonne legt sich auf mein Gesicht. Trotzdem ist mir kalt.

Ich bin enttäuscht von dir, immer öfter. Jetzt ist es deine Unpünktlichkeit. Würde ich es dir sagen, wäre deine Antwort: „Mach kein Drama daraus!"

Ich nehme einen Zug an der Zigarette, inhaliere die Enttäuschung. Sie drückt mir den Hals zu, macht einen Klumpen im Bauch. Ich hasse meine verklumpte Wut. Ich hasse dich und was aus dir geworden ist. Ich hasse mich und was aus mir geworden ist.

„Ich muss gehen, ich kann nicht mehr " habe ich zu dir gesagt, gestern Abend.

Du, lallend: „Verlass mich, ich werde nicht aufhören zu trinken."

„Du musst aufhören", sage ich, „deinetwegen, die Sauferei bringt dich sonst um."

Wieder und wieder sage ich es. Tausende Male sage ich es. Ich mag mir selbst nicht mehr zuhören. Ich wiederhole es trotzdem, dieses sinnlose Flehen, diese blöde Bitte um Einsicht. Ich kann es nicht lassen, das Sagen, weil das Sagen immer noch besser ist als diese stumme Ohnmacht. Ich spreche gegen eine Wand, die du immer höher mauerst. Ich kämpfe gegen sie an. Ich gleite an ihr ab.

Du kommst eine halbe Stunde zu spät, grinst mich an, drückst mir einen flüchtigen Kuss auf den Mund, rückst einen Stuhl an meinen und setzt dich zu mir. Kein „Es tut mir leid, dass du warten musstest". Stattdessen bestellst du ein Bier. Dein Bier, dein Glück.

„Das wievielte ist es?", frage ich dich.

Ich weiß, es ist mindestens das vierte für heute. Ich weiß, dass es nicht das letzte ist und dass dem Bier Wodka oder Wein folgt oder beides. Zwei Flaschen Roter, bis du voll genug bist, um ins Bett zu fallen. Ich habe keine Lust mehr auf diesen Abend. Ich habe keine Lust mehr auf diese Abende, die immer gleich sind, am Anfang, in der Mitte und am Ende. Ein Ritual, das mir so zuwider ist, dass mir vor mir selbst graut.

„Vincent, bitte fahr nach Hause", sage ich.

„Okay, wenn du das so willst, dann fahre ich,", sagst du.

Du winkst den Kellner an den Tisch und bestellst ein weiteres Bier.

Was in mir lässt mich das mitmachen?

Ich suche nach einer Antwort und finde sie nicht. Vielleicht sollte ich dich fragen. Vielleicht kannst du mir eine Antwort geben.

„Weil du mich liebst", würdest du sagen.

Heute frage ich mich, warum ich dich nicht gefragt habe. Aber was hätte deine Antwort geändert? Ich kenne die Wahrheit: Ich liebe mich selbst nicht genug. Um mir das Gegenteil zu beweisen, habe ich dich immer wieder rausgeworfen. Heulend bist du mit dem schweren Koffer abgezogen. Ich war jedes Mal erleichtert, wenn ich ihn über den Flur rattern hörte.

Auf dem Nachhauseweg schweigst du mich an. Schweigend packst du den Koffer. Im Flur drehst du dich noch einmal um. Tränen in den Augen: „Ich will nicht gehen."

„Geh bitte", sage ich, „so können wir nicht weiter machen."

Tränen in den Augen.

4

HERZ

Pochendes
schlagendes
jagendes
mahnendes
wild
klopfendes Herz

So viele Male habe ich dich rausgeworfen. So viele Male
habe ich dich wieder angerufen, gesagt, wie leid es mir tut.
So viele Male dieses bedürftige, erbärmliche „Bitte, komm
zurück!" So viele Male habe ich dich wieder vom Bahnhof
abgeholt, deinen Mund geküsst und gedacht, dieses Mal
schaffen wir es. Dieses Mal trinkt er nichts. Dieses Mal
streiten wir nicht. Dieses Mal wird alles gut oder zumindest
besser. „Dieses Mal" gab es nie.

Ich heule. Ich will dich anrufen, dich zurückholen. Ich lasse
es. Ich hole das Putzzeug aus der Kammer. Wenn ich Angst
habe, putze ich. Jetzt habe ich Angst, dass du nie mehr wie-
derkommst. Ich putze wie eine Besessene. Ich beziehe das
Bett frisch, poliere die Fensterscheiben, schrubbe den
Holzboden, jage jeder einzelnen Wollmaus hinterher und
vernichte sie. Alles glänzt, alles ist wieder an seinem Platz.
Ich atme tief durch, mache mir einen Kaffee, öffne das
Fenster, setze mich in den schwarzen Ledersessel, dein

Lieblingsplatz, zünde mir eine Zigarette an. Was habe ich getan? Wieder einmal habe ich dich wie einen räudigen Hund auf die Straße gejagt. Ich will doch, dass du da bist. Ich will mit dir leben. Ich will dich und nicht den Anderen, der dich langsam vernichtet. Der Andere, das Lallen, die Wut, das Schreien, das Heulen, der saure Alkoholgeruch, der am Morgen im Zimmer hängt. Der Andere, dem nachts die Füße kribbeln, dessen Beine zucken, der nicht frühstücken kann, weil ihm schlecht ist, der vor Angst wimmert, weil sein Herz rast, der mich nach jedem Rausch fragt: „Sterbe ich heute?"

Wie absurd, du willst doch sterben.

Dich beruhigen wollen und es nicht schaffen. Die Angst, dass du ausrastest, weil ich überhaupt etwas sage. Das Jammern, wie schlecht es dir geht und deine Weigerung, etwas dagegen zu tun. Zu kaputt, um irgendeine Anstrengung zu machen. Mit dir reden wollen, obwohl du es nicht willst. Dich retten wollen, obwohl du es nicht willst. Mich kümmern hilft nicht. Ich bin müde vom Kümmern, gekränkt vom Abgewiesenwerden, beschämt von meiner Unfähigkeit, dich loszulassen. Nichts davon ertrage ich länger. Ich ertrage mich selbst nicht länger.

Ich will dich nicht mehr lieben. Aber Liebe ist keine Entscheidung, die man trifft, ob dafür oder dagegen. Ich liebe dich, aber ich hasse den Alkoholiker, der den Mann, den ich liebe, vernichtet. Ich habe es schon einmal erlebt. Im Februar vergangenen Jahres starb der Vater meines Sohnes. Ralph hat sich totgesoffen. Am Ende war er nur noch ein Schatten seiner selbst. Korsakow, haben die Ärzte gesagt, und die Leber kaputt und schlucken konnte er nichts Festes mehr, weil die Speiseröhre vom Wodka verätzt war. Den konnte er noch schlucken, mit Limo vermischt, bis zum letzten Tag. Im Krankenhaus fiel er in der Dusche tot um. Herzstillstand. Ich denke an dein rasendes Herz.

5

SCHMERZ

In der Mitte
Schmerz
In der Mitte
öffnet der Schmerz
die empfindsamste Stelle
Durch den Riss in der Mitte
aus der Mitte
dringt Innerstes nach Außen

November 2016

Ich gehe zu meinem Analytiker. Dr. Breuer sitzt in seinem Sessel, ich sitze ihm gegenüber. Er schweigt die meiste Zeit. Ich kotze meine Wut aus. Die mörderische Wut, die ich auf dich habe, weil du kaputt machst, was gut war.

Niemand kann sich an der Seite eines Alkoholikers gut fühlen.

Die Wut auf das Trinken wächst mit jedem Rausch. Angestaute Wut, die durch das Schlucken von Angst, Ohnmacht und Verzweiflung einen Punkt erreicht, an dem sie explodiert. Sie ist stark, vehement, sie muss sich entladen, sonst platzt man. Dann kommt das Begreifen, wie sinnlos der Ausbruch ist, weil er nichts ändert. Man schämt sich. Aber es hört nicht auf. Die Wut speist sich aus dem, was war und dem Wissen, dass es nicht besser wird. Weil die

Sucht nicht aufhört. Nicht durch Wut, nicht durch Verstehen, nicht durch Liebe.

Wieder wird getrunken, wieder gibt es Ausfälle, Angriffe, Beleidigungen, Demütigungen, Gestank und schreckliche Stunden während und nach dem Saufen. Wieder sammelt sich Wut.

Man beginnt sich selbst zu verachten. Man fragt sich, was man da überhaupt macht. Man fragt sich, ob das ein Leben ist, das man sich wünscht. Man fragt sich, warum man das aushält. Man fragt sich, ob das überhaupt Liebe ist.

Liebe, die so weh tut, ist keine Liebe. Man weiß das. Man weiß, es geht nicht mehr um Liebe. Man weiß, man ist abhängig von der Sehnsucht zu lieben und geliebt zu werden. Man findet sich damit ab, nicht geliebt zu werden, stattdessen findet man sich damit ab, gebraucht zu werden. Man weiß, man ist abhängig vom Gebrauchtwerden. Man schämt sich vor sich selbst, macht sich Vorwürfe, dass man bleibt. Man fühlt sich klein und schwach und mies und schuldig wegen der Wut, die nicht weggeht. Man fragt sich, wie man so weit hat kommen lassen konnte. Ob man das ist, dieses wütende, verzweifelte Etwas. Man erkennt sich selbst nicht mehr. Man schluckt. Immer wieder schluckt man den Schmerz. Das schwächt, macht müde und das Leben schwer. Man weiß, man muss loslassen. Und weiß nicht wie. Die Vorstellung, denjenigen an den Alkohol zu verlieren, den man liebt, ist so grausam wie ein Verbrechen. Sich selbst zu verlieren, ist ein noch größeres Verbrechen.

„Wie kannst du einen wie mich lieben?" hast du mich oft gefragt, nachdem du dich wieder besinnungslos betrunken hattest. „Einen wie mich kann man doch nicht lieben."

„Liebe? Ist nicht. Nicht mehr, Sprachwort Liebe", bricht es aus mir heraus.

Dr. Breuer verzieht keine Miene.

Mir ist schlecht, weil ich es mit mir allein nicht guthabe, weil ich noch immer an dir klebe wie zäher Leim, weil ich nur noch ans Sterben denke und nicht ans Leben. Ich will schreien, mich in ein Loch verkriechen. Du hast meine Liebe überstrapaziert.

„Meine Liebe war kein Grund für ihn, mit dem Trinken aufzuhören. Meine Liebe hat nichts besser gemacht. Es ist eine Lüge, dass Liebe alles heilt. Seine Liebe, an die ich so lange geglaubt habe, hat mein Vertrauen gebrochen, nicht nur in ihn, sondern in die Liebe selbst", platzt es aus mir heraus.

Ich frage Dr. Breuer, was ich falsch gemacht habe, ob ich etwas hätte anders machen können.

Habe ich mich zu wenig auf dich eingelassen? Habe ich zu wenig Geduld mit dir? Habe ich die Hoffnung zu früh aufgegeben? Habe ich zu wenig Verständnis? Habe ich dir zu viele Vorwürfe gemacht? Hätte ich deine Trinkerei einfach akzeptieren sollen?

Dr. Breuer meint: „Sie hätten nichts besser machen können, weil sie nicht kontrollieren können, was sie nicht kontrollieren können. Sie haben keine Macht über andere Menschen. Vincent ist krank. Ihre Anstrengungen waren vergeblich. Akzeptieren sie das, Paula."

Sein stoischer Gesichtsausdruck sagt mir, er hat keine Ahnung, wie ich mich fühle. Vergeblich, was für ein grausames Wort.

Dr. Breuer hat Recht. Egal was ich tat, es prallte an deiner Sucht und an deinem Narzissmus ab. Die anderen sind da, damit es dir gut geht. An ihrem Gutgehen bist du nicht interessiert. Du lässt lieben. Du liebst dich selbst im anderen. Du fühlst nur dein eigenes Gefühl von Wichtigkeit. Du genießt es, im Mittelpunkt zu stehen. Beflügelt vom kleinen Rausch blühst du auf, wenn die Leute begeistert sind von deinen Rezitationen aus einem Stück, in dem du gespielt hast, von den Jaques Brel-Liedern, die du mit sonorer Stimme singst, wenn du noch nicht ganz voll bist und noch textsicher. Die ganze Zeit sprichst du von dir, vom Theater, deinen Rollen, deinen Erfolgen. Deine laute Stimme lässt die anderen verstummen. Vincent im Mittelpunkt und um ihn versammelt seine Claqueure. Augenblicksglück. Der große Rausch. Der Vorhang fällt. Sobald die Show vorbei ist, ziehst du über sie her. Die Idioten, die dumpfen Deppen, die dir auf den Geist gehen. Die blöden Weiber, die dich anhimmeln. Vincent, die primitive Ausgabe eines Mannes, der immer abcheckt, was zu kriegen ist. Alkohol oder Frauen oder beides.

Ich habe deinen Narzissmus erkannt und seine Gefährlichkeit für mich unterschätzt. Ich habe mich selbst überschätzt. Ich sah die Zerstörung, die auf mich zukam und dachte ich kann sie aufhalten. Ich bin wie all die anderen Frauen, die kamen und gingen, ohne Einfluss auf dein Drama. Eine weitere Protagonistin in der Inszenierung deiner Selbstzerstörung. Ich bin die weibliche Besetzung, die du beleidigst und demütigst, der du deinen Hass überkippst, wenn du schlecht drauf bist, die du mit Zuneigung überschüttest, wenn du Zuneigung brauchst, die du wegstößt, wenn sie dir lästig wird und herholst, wenn du sie willst. Ich bin es, der du dein Leid zum Teilen anbietest. Ich bin es, die du in Verzweiflung stößt, um deine Verzweiflung nicht mehr spüren zu müssen. Ich bin es, die dein Leid annimmt, damit meines kleiner wird. Es wird nicht kleiner, es verschwindet in einer Ecke, und taucht wieder auf, wenn ich es zu lange verdränge.

Ich ertrage sie nicht mehr, deine Wut, die zu blindem Hass wird und mich zur Zielscheibe nimmt. Die alte Wut auf deinen Vater, der dich alleingelassen und sich im Suff verloren hat, nachdem deine Mutter euch verlassen hatte. Du warst neun Jahre alt.

„Ich habe mich geschämt für Vati".

Immer wieder sagst du das, wenn du im Suff gerade an der Stelle bist, wo dich das Selbstmitleid packt. Der traurige Vater, der verloren auf der Parkbank sitzt und trinkt, über den man sich das Maul zerreißt in deinem Kiez, auf dem man verächtlich mit dem Finger zeigt und mit den restlichen Fingern auf dich, den Sohn eines Trinkers.

„Er hat mich verraten. Drecksau, Arschloch", schreist du.

Deine Wut schlägt um, schlägt auf mich ein. Dann bin ich die Drecksau, das Arschloch.

Am nächsten Morgen kannst du dich an nichts mehr erinnern. Nur ein zerknirschtes „Entschuldige, ich bin ein Arschloch. Ich weiß auch nicht, warum ich das mache. Ist wie ein Tick. Das ist schrecklich, Kleinstes, ich meine doch nicht dich, ich liebe dich doch."

Vincent, dein Vater lebt. Er lebt in dir, auch wenn er schon lange tot ist. Du behandelst dich genauso, wie er sich selbst und wie er dich behandelt hat. Du behandelst mich, wie er dich behandelt hat. Du bist in mein Leben gekommen, um mich deinen Schmerz fühlen zu lassen. Jetzt bist du fort. Der Schmerz bleibt. Ich fühle mich benutzt wie alle anderen Frauen vor mir, die dir nicht geben konnten, was du willst: bedingungsloses Verständnis und dich in Ruhe saufen lassen. Saufen, um das Unerträgliche erträglich zu machen, um dein Scheitern zu ertragen, deine Freude, deine Euphorie, dein Verliebtsein, deine Wut, deinen Hass, deine

Angst, deine Trauer, deine Scham, die Schuld und den Schmerz. Saufen, weil es so schön warm macht, innen, und alles andere dann nicht mehr existiert. Du nicht, ich nicht, der Schmerz nicht, das Leben nicht. Ich fühle mich hilflos wie ein Kind, das sich verlaufen hat und an einen Ort gelangt ist, an dem es sich fürchtet unterzugehen.

„Kleinstes, du wirst immer unsicherer, das steht dir nicht", hast du mir vorgeworfen, als ich mein Kleinsein nicht mehr verbergen konnte.

Wie soll ich mich sicher fühlen, wenn ich spüre, wie unerreichbar du für mich bist? Wie soll ich mich sicher fühlen, wenn du mich attackierst, als sei ich deine Feindin? Wie soll ich mich sicher fühlen, wenn du mich ständig belügst und ich mich auf nichts von dem verlassen kann, was du sagst? Wie soll ich mich sicher fühlen bei einem, der nur eins im Kopf hat: Trinken. Ich reiße mir dir Seele an dir wund.

Es ist egal, ob du trinkst oder nicht trinkst, der Alkohol ist deine einzige Geliebte. Da war nie ein anderer Platz für mich, als dir ein Platz zu sein. Du hast ihn eingenommen, besetzt und darauf herumgetrampelt. Du hast meine Liebe provoziert. Wollest du wissen, wie viel sie aushält? Sie hat viel ausgehalten. Irgendwann ist sie müde geworden vom Aushalten, müde vom Verstehen, müde vom Verzeihen, müde von der Enttäuschung. Wie ein geprügeltes Hündchen liegt sie vor mir und schaut mich aus traurigen Augen an: Wieso denn bloß?

Da ist sie wieder, die Wut. Wie schwarze Galle steigt sie aus meiner Traurigkeit hoch, diese ohnmächtige Wut, die mit jedem „Lass mich in Ruhe trinken" größer wurde. Ich wünschte, das Hündchen würde dich totbeißen.

„Alles wird gut", hast du gesagt, wenn ich verzweifelt war.

Einmal habe ich dich gefragt, ob du wirklich glaubst, dass alles gut wird.

„Ich weiß es nicht", hast du geantwortet, „ich sage es, um dich zu beruhigen."

Nichts ist gut geworden. Schlimmer ist es geworden und hoffnungslos. Diese beschissene Hoffnung, wie sie mich auslacht. Hoffnung, der letzte Anker der Enttäuschten.

„Ich habe Angst vor den Menschen", sage ich zu Dr. Breuer. „Schon als Kind habe ich Abstand zu ihnen gehalten. Sicherheitsabstand."

Vincent, jetzt hüte ich mich vor deiner Nähe, die es nie gab ohne den Preis der Angst.

Ich heule los:

„Ich will, dass er begreift, was er mir angetan hat."

Dr. Breuer sagt:

„Sie leiden an einem Wiedergutmachungswunsch. Lassen sie davon ab. Er wird es nicht wiedergutmachen."

Ich klammere mich an die Lehnen des Sessels. Meine Hände sind eiskalt. Ich will nicht aufstehen, ich will nicht durch diese Tür gehen. Ich will nicht allein sein.

„Gut, dann bis nächste Woche, Paula", beendet Dr. Breuer die Sitzung.

6

ERINNERUNG AN LIEBE

Nicht mehr an dich denken
Dich vergessen
Mich zu lange vergessen
Dich vergessen
Geht nicht

Nach der Sitzung gehe ich in die Bäckerei am Ende der Straße. Ich bestelle mir einen Milchkaffee und ein Eibrötchen und setze mich an einen freien Tisch. Es ist kalt. Es ist mir egal. Ich starre auf die vorbeifahrenden Autos. Ich will mit dir in eines dieser Autos einsteigen. Du gibst Gas. Ich halte deine Hand. Das Auto rast. Vor uns der Abgrund. Du lässt das Steuer los, drückst fest meine Hand.

Aufprall. Stille. Ruhe.

Ich will, dass es aufhört.

Ich hole meinen Stift und mein Heft aus der Tasche. Dabei berühre ich das Handy. Ich will dich anrufen, schreien: Hör auf damit! Hör auf, dich vollzuschütten mit diesem Gift, das alles vergiftet. Dein Leben, mein Leben, unser Heute, unser Morgen, unser Gestern!

Ich habe so oft geschrien. Sinnlos.

„Du bist ja hysterisch!", hast du gesagt. Und weiter getrunken.

Bist du noch der, den ich will?

Du warst es, als ich zum ersten Mal deine warme Stimme am Telefon hörte. Du warst es in den Nächten, in denen wir bis zum Morgengrauen geredet haben. Zwei Fremde, die sich einander vertraut machten. Du warst es, als ich deine große, schlanke Gestalt mit den breiten Schultern sah, die mit einem breiten Lächeln auf mich zukam. Du warst es, als ich in dein schönes Gesicht sah, mit dem Grübchen im Kinn und den stahlblauen Augen, die mich anstrahlten, als sei ich ein Geschenk. Du warst es, als ich deinen Geruch wahrnahm, damals auf dem großen Stein vor dem Bahnhof, auf dem wir saßen bei unserer ersten Begegnung. Du warst es, als sich deine warmen Hände auf mein Gesicht legten. Du warst es, als sich deine Lippen sanft auf meine Lippen legten. Du warst es, der mich nach Hause begleitete und ich war nicht mehr allein. Du warst es, der mich in seine muskulösen Arme nahm, mich wortlos auf mein Bett legte und mich zärtlich liebte. Ich war vollkommen ausgefüllt von diesem männlichen Glück. Ich wollte dich vom ersten Augenblick an. Ich wollte mit dir lachen, mit dir leben, dich lieben, dich fühlen, dich kennenlernen. Ich habe das Fürchten gelernt.

Wir lachen nicht mehr, wir lieben nicht mehr, wir leben nicht mehr. Deine Küsse sind flüchtig und schmecken nach Alkohol. Jeder Versuch, dich aus deinem stinkenden Sumpf zu ziehen, endet mit Kraftlosigkeit.

„Lass mich!", sagst du.

Ich hasse dieses „Lass mich", weil es keine Lösung ist. Nicht für dich und nicht für mich.

Bei vielen Krankheiten ist man dazu verdammt, sich auf Ärzte verlassen zu müssen. Manche Krankheiten muss man einfach aushalten, aber du kannst entscheiden, wie es dir mit deiner Krankheit geht. Du entscheidest, ob du gesund werden willst oder nicht. Du hast längst entschieden. Du willst krank sein.

Mein Herz schlägt aus dem Takt, klopft wie wild bis in den Hals. Mein Herz hält es nicht mehr aus in mir. Ich habe das Gefühl, als hätte man mir den Boden unter den Füßen weggezogen. Dabei bin ich es, die das getan hat. Ich habe den Mann verlassen, der zu mir sagte, ich liebe dich.

Egal was war, egal, wie sehr wir gestritten haben, egal, wie viel du getrunken hast, immer hast du gesagt: „Ich liebe dich, Kleinstes."

Kleinstes wollte dir glauben.

Dein „Ich liebe Dich", war die Falle.

Hast du mich geliebt, Vincent? Vielleicht auf deine Weise. So wie einer lieben kann, der nicht geliebt wurde, als er es am nötigsten brauchte, der erleben musste, wie der geliebte Mensch trinkt, sich abwendet, unerreichbar ist, anstatt ihn zu trösten und zu halten, weil die geliebte Mutter fort ist.

„Bis meine Mutter uns verlassen hat, war ich glücklich. Wie konnte sie uns das antun?"

So oft hast du das gesagt. Ich fand keine Antwort, die deinen Schmerz kleiner machen konnte. Du hast die Mutter verloren und mit ihr deine heile Kinderwelt. Was blieb, war ein Vater, die sich aufs Trinken verlegte, der, wenn er sein Elend nicht mehr aushielt, heulend vor dir am Küchentisch saß und beteuerte, alles für dich zu tun. Hat er auch. Er hat sich den Rücken kaputt geschunden auf dem Bau, um euch beide durchzubringen. Du hast ihn geliebt und du hast ihn gehasst. Eine toxische Melange für einen kleinen Jungen. Deine Antwort darauf: eine Angststörung.

Ich habe genug von deinem Drama. Ich habe genug davon, dass du es ständig wiederholst und zu ertränken versuchst, anstatt dich darum zu kümmern, es zu lösen. Ich habe genug davon, dass du alles ablehnst, was dir helfen könnte.

„Mach eine Therapie", sage ich.

„Alles Idioten, diese Seelenklempner", sagst du.

Jetzt sitze ich beim Therapeuten, um meine Co-Abhängigkeit zu stoppen.

Ich brauche keinen Alkoholiker, der mich liebt.

Jetzt sagt keiner mehr zu mir: Ich liebe dich.

7

EINSAM

Ich bin so unglücklich mit dir
Dass ich jetzt aufhöre mit dir unglücklich zu sein
Dann bin ich nur noch unglücklich mit mir

Da ist niemand, bei dem ich mich ausheulen kann, der mir einen Tee macht und mir zuhört.

Die Einsamkeit ist meine einzige Gefährtin.

Schon als Kind saß sie bei mir im Zimmer, malte sich in Bilder von kleinen Prinzessinnen mit rosa Kleidern und goldenen Krönchen, schrieb sich in Zeilen unzähliger Gedichte. Da war niemand, der dieses Gefühl von mir nahm. Die, die es mir hätten nehmen können, haben es mir gegeben.

Paula war nicht willkommen. Sie war die Nachgeburt, der blutige Klumpen Fleisch, der ihr Leben zerstört hat. Ich war froh, wenn ich aus ihrem Blickfeld verschwinden konnte. Wenn ich in meinem Zimmer war, war es gut. So gut, wie ich es machen konnte für mich. Die Einsamkeit in mir ist so fundamental, dass ich den Schmerz, mit dem sie mich erfasst, kaum ertragen kann. Immer muss da einer sein, der diese verdammte Einsamkeit von mir nimmt und mich erlöst. So als gäbe es mich selbst nicht, wenn da kein Gegenüber ist, das mir mit seinem Dasein den Beweis dafür liefert, dass ich existiere.

Es ist, als würde ich mich auflösen. Meine Einsamkeit ist ruhelos, bedrohlich und unheilschwanger. Aufgeladen mit dem Impuls, ihr davonzulaufen, hin zu jemandem, der sie wegmacht.

Ich habe geglaubt, dass du dieser Jemand bist. Ich habe geglaubt, dass ich gesehen, erkannt, verstanden und geliebt werde. Heute weiß ich, dass der Filter, durch den ich dich gesehen habe, eine trügerische Selbstlüge war. Es gab immer nur kurze Momente des Glücks, die dem Gefühl der Einsamkeit Erleichterung verschafften. Momente, die ihre Schwere erträglich machten, Momente, die mir vorgaukelten, diese existenzielle Einsamkeit auflösen zu können. Sie lässt sich nicht auflösen, sie ist so alt wie ich selbst. Ich wünsche mir eine kühle Einsamkeit, die nichts mehr will und nichts mehr fordert.

Meine Hände zittern. Die Einsamkeit schreit nach Erlösung. Ich hole das Handy aus der Tasche. Du wirst nicht anrufen. Ich habe dir klar gemacht, dass ich nicht mehr mit dir sein will, solange du trinkst. Es ist besser so. Trotzdem fällt es mir schwer, den sinnlosen Wunsch zu begraben, dass du dich in irgendeiner Weise ändern wirst. Und dann wird alles gut, oder zumindest besser? Ich hoffe auf ein Wunder. Ich lege das Handy zurück in die Tasche. Ich bin tot. Ich bin bereits gestorben, als ich ein Kind war.

Wie ein krankes Tier schleppe ich mich nach Hause in meine Höhle. Den Rest des Tages verbringe ich im Bett. Am Abend rufst du an. Ich lasse es lange klingeln, bis ich den grünen Knopf zum Annehmen drücke. Auf dem Bildschirm blicken mir deine glasigen Augen entgegen.

„Mein Liebchen, wie geht es dir?", lallst du, und dass du es nicht mehr aushalten kannst, meine Stimme nicht zu hören.

Das „Liebchen" stößt mich in die Erinnerung an das Schöne, das es zwischen uns gab.

Komm, will ich sagen und sage es nicht. Komm und rette mich vor mir selbst. Dabei wollte ich doch dich retten. Deine Sehnsucht hat mich angeblickt, als ich das erste Mal in deine Augen sah. Sie hat sich zu der meinen gelegt. Der Schmerz der kleinen Paula löste sich auf. Jetzt waren wir zwei. Von diesem Augenblick für immer getrennt zu sein, ist unerträglich. Es muss nicht sein. Du musst nicht trinken. Du kannst aufhören, wenn du es willst. Aufhören für die verzweifelten Kinder in uns, die endlich geliebt sein wollen.

„Alkoholismus ist eine Krankheit", hämmern die Worte Dr. Breuers in meinem Kopf.

Nein, die weit verbreitete These „Sucht ist eine Krankheit" hilft Süchtigen nicht, und sie hilft auch denen nicht, die mit einem Süchtigen zu tun haben. Definiert man Sucht als Krankheit, ignoriert man damit den menschlichen Willen. Wer mit einem Suchtkranken lebt, weiß um die große Rolle des Willens. Wer nicht will, findet Gründe. Wer will, findet Wege. Definiert man die Sucht als Krankheit, erlebt sich der Süchtige als unschuldiges, willenloses Opfer von etwas, das von außen in ihn dringt. Er sieht sich als Kranker, dem geholfen werden muss, er kann glauben, dass er selbst machtlos ist. Er muss selbst nichts tun.

„Ich bin krank, ich kann nichts dafür. Du musst das verstehen."

Immer wieder kam dieser Satz. Du konntest weiter trinken. Du konntest ja nichts dafür.

Du bist krank geworden durch dein Suchtverhalten. Das hat mit einer Krankheit nichts zu tun, auch wenn Sucht krank macht und zu Siechtum führt. Ich muss das nicht entschuldigen, damit du ohne Verantwortung übernehmen zu müssen die Zerstörung weiter betreiben kannst.

Ich will, dass du endlich Verantwortung übernimmst. Ich kann wollen, was ich will. Ich kann denken, was ich will.

Es nützt nichts.

„Ich will, dass es gut wird. Ich will uns wieder haben, wie wir einmal waren", sage ich.

„Du bist doch mein Liebstes. Immer", lallst du.

„Du wirst saufen. Immer", antworte ich.

Ich könnte schreien vor Schmerz.

Fahr zu ihm, sagt eine Stimme in mir, dann hört der Schmerz auf. So schlimm war es doch nicht. Du musst versuchen, ihn so zu lassen, so wie er es von dir will. Ihn trinken lassen und dich nicht aufregen. Ihn sein Leben zerstören lassen und dich nicht fürchten. Aushalten, was ist, weil das Aushalten, was nicht mehr ist, schlimmer ist. Ein giftiger Cocktail aus Schmerz, Sehnsucht und Angst dreht mir den Magen um. Es war schlimm, setzt die Stimme der Vernunft dagegen. Für diesen Moment hilft sie mir, nicht das Falsche zu tun. Das Falsche, mit dem alles so weitergeht und nichts besser wird. Vielleicht wird es ja besser ohne dich.

„Es tut weh, dich zu sehen", sagst du.

„Darum ist es besser, wenn wir uns nicht mehr sehen", sage ich.

Du nickst: „Na gut, wenn du es so willst, dann ist es jetzt so. Dann war es das. Pass auf dich auf, Kleinstes."

Okay, dann war es das für dich. Mehr nicht. Kein: Ich tu jetzt was.

Ich weiß, dass es das nicht war. Es ist wieder nur ein halbherziger Befreiungsversuch.

Du nimmst einen Schluck Rotwein, prostest mir mit traurigen Augen zu und legst auf.

Du bist meine Droge.

8

HEIMAT

Wenn du keine Heimat in dir drin hast, bist du heimatlos.
Du bist immer auf Durchreise, niemals angekommen.
Wie auch? Du suchst ja dich.
Da ist ein ewiges Getriebensein.
Da ist der Identitätszweifel, der verzweifelt macht.
Ein ewiges Schwanken, ein Gefühl von Unvollständigsein, von Falschsein,
ein Gefühl der Trennung.
Wem gesagt wurde, dass er kein Recht auf Leben hat, hat auch kein Gefühl für Autonomie, denn das würde bedeuten, für sich selbst zu stehen.
Autonomie ist eine Herausforderung für die, die nicht wissen, wer dieses Selbst ist.

Du hast immer nur Worte gesagt, die mich besänftigen sollten und keine Taten folgen ließen.

Sieben lange Jahre habe ich auf die Veränderung gewartet, die du immer wieder angekündigt hast und die nicht stattfand.

Die Einsicht kam oft.

„Ich versuche es ja", kommt noch immer. Und ich hoffe weiter. Ich hoffe und werde enttäuscht.

Sinnlose Hoffnung brennt. Sie verbrennt Lebensenergie und am Ende das eigene Selbst.

Einsicht bei einem Süchtigen bedeutet nichts. Sie ist nur eine weitere Falle der Manipulation, um den anderen bei der Stange zu halten. Und der Co-Abhängige tappt hinein. Blind für die Wahrheit, die er nicht sehen will, denn würde er sie sehen wollen, würde er begreifen, dass sein Bleiben das Suchtsystem nur weiter aufrechterhält. Er ist weiter verstrickt. Er will nicht begreifen: Der Einzige, der seine Sucht stoppen kann, ist der Süchtige selbst. Kein anderer kann das für ihn tun. Es wird nichts getan. Es bleibt beim Wort „versuchen". Es wird weiter der Sucht gefrönt, einfach, weil der Süchtige süchtig ist. Es gibt keinen anderen Grund. Er hat tausend Gründe, seine Sucht zu erklären und zu rechtfertigen, aber es gibt in Wahrheit nur einen einzigen: Er ist süchtig, vollkommen egal, warum und wieso. Kein „Warum" ändert den Ist-Zustand, im Gegenteil, jedes Warum ist eine weitere Rechtfertigung, um nicht aufzuhören. Die Einsicht des Süchtigen ist eine sehr dünne Membran und sie ist alkohollöslich.

Paula, lass endlich los!

Wann immer wir an etwas oder jemandem anhaften, lassen wir uns selbst los. Wir sind abhängig. Wir verlieren den Kontakt zu uns selbst. Wir verlieren unsere Kraft und die Fähigkeit, uns selbst zu spüren. Wir verlieren das Vertrauen in uns selbst. Wir sind paralysiert wie das Kaninchen, das vor der Schlange sitzt. Anhaften lässt uns erstarren. Wir können an nichts anderes mehr denken, über nichts anderes mehr reden. Im Kopf dreht sich alles nur um das, woran wir anhaften. Aber alles Denken ändert nichts. Es geht nicht, nicht mehr daran denken zu wollen. Wir würden es tun, wenn wir es könnten. Das Problem ist, dass wir es nicht können, weil wir davon beherrscht sind. Wir sind selbst Süchtige, Abhängige der Liebe, Abhängige eines unstillbaren Zuneigungshungers. Wir fühlen nur noch dann eine Bedeutung, wenn da das Gefühl ist, gebraucht zu werden.

Egal, macht nichts, dass wir das Problem nicht lösen können, wir machen weiter, wie hoch der Preis auch sein mag.

Der Körper befindet sich in einem permanenten Alarmzustand, von dem es keine Erholung gibt. Wir gehen längst auf dem Zahnfleisch und lockern den Biss nicht. Manchen von uns mag nicht einmal bewusst sein, woran wir verbissen festhalten. Manche von uns überzeugen sich Tag für Tag aufs Neue davon, dass sie festhalten müssen, damit der Süchtige nicht untergeht. In Wahrheit glauben wir, dass, wenn unser Suchtmittel aus unserem Leben verschwindet, unser Leben nicht mehr lebenswert ist, dass wir die Lücke, die dann entsteht, nicht ertragen und für immer leiden. Wir glauben, dass wir in Bewegungslosigkeit erstarren, weil wir nicht wissen, wohin wir gehen sollen. Wir wissen es nicht, weil wir uns selbst verlassen haben. Dabei ist die einzige Rettung die Bewegung hin zu uns selbst. Das wissen wir. Aber uns dorthin bewegen wollen wir nicht, weil der Schmerz dort noch größer ist. Dann gibt es keine Ablenkung mehr, die den Schmerz betäubt.

Deine einzigen Bewegungen sind die zum Alkohol hin. Auch wenn du einmal einen Tag lang nicht trinkst, bewegen sich deine Gedanken zum Alkohol hin. Sie kreisen um ihn, wie ich um dich kreise. Was ist es, was den Raum einnehmen könnte, den ich dir gebe? In mir ist ein Vakuum mitten im Schmerz.

Ich bin nicht frei von dir, weil ich dich verlassen habe. Was du warst und bist, was du nicht bist, was du sein könntest und was du nie mehr sein wirst, was wir sein könnten, beherrscht meine Gedanken.

Ich bin auf Entzug von dir. Trocken, aber immer noch süchtig.

Wie lange dauert das? Wie halte ich das aus? Wie schaffe ich es, nicht rückfällig zu werden? Wie überlebe ich das?

Mein Kopf hat begriffen, es ist vorbei, mein Gefühl nicht. Es quält mich, dass ich so schwach bin. Es hilft mir nicht zu sehen, wie stark ich bin, weil ich gerade nicht rückfällig geworden bin.

Ich weiß, wie fragil meine Entscheidung ist. Ich weiß, wie leicht ich umkippe.

Du weißt, wie manipulierbar ich bin, wenn ich lange genug in meiner Einsamkeit schmore. Du weißt es, weil du meine Bedürftigkeit erkannt hast. Was uns verbindet, ist diese schmerzhafte innere Leere.

„Ich will zu ihm, er ist mein Zuhause!", schreit das heimatlose Kind in mir. Ich muss dieses Kind beruhigen. Ich muss etwas für dieses Kind tun und weiß nicht, was. Ich weiß nicht, was ihm guttut. Ich habe dieses Wissen verloren durch mein Guttun, das dir guttun sollte. Dir guttun fühlte sich gut an. Deine Bedürfnisse zu spüren, fühlte sich gut an. Sie zu erfüllen, fühlte sich gut an. Für dich da zu sein, fühlte sich gut an. Dich zu trösten, fühlte sich gut an.

Die Wahrheit ist, ich fühle mich nicht gut. Ich wollte dir guttun, um mir zu beweisen, dass ich gut bin. Ich fühlte mich heimisch in unserem Tanz, den ich schon als Kind getanzt habe. Dem anderen brav folgen. Bloß keinen falschen Schritt machen, sonst lässt er los und der Tanz ist aus. Du bist allein. Verlassen. Und dann musst du sterben.

Tanze Paula, tanze …

Ich fühle mich heimisch im Schmerz, zurückgeworfen in die vertraute Gefühlswelt meiner Kindheit. Vincent, verdammt, ich will mit dir wie zwei Erwachsene in der Küche tanzen, glücklich, dass wir uns haben, die Kunst, die Bücher, das Theater und die Musik, die Gespräche bis tief in die Nacht über das, was wir lieben und unsere Träume von einem kleinen Haus am Meer, einem Hund und einem Atelier für dich und mich. Ich will es wieder haben, unser Einanderlieben, ich will sie spüren, unsere Körper, die so gut ineinanderpassen. Ich will deinen warmen Bauch an meinem Rücken spüren, deine kräftigen Arme, die sich um meine Hüfte legen, die Geborgenheit, die ich dann empfinde. Ganz nah bei dir und keine Angst beim Einschlafen, dass ich nicht mehr aufwache. Ich will, dass du mich hältst, solange bis ich den Schmerz nicht mehr spüre. Den alten und den neuen.

Komm endlich zu dir, Paula!, schreie ich in die leere Küche, in der wir schon seit einer gefühlten Ewigkeit nicht mehr getanzt haben. Du musst dich selbst wieder fühlen. Du musst gut zu dir selbst sein. Dieser Mann tut dir nicht gut. All das zieht dich wie in Trance zurück in deine Kinderwelt, die nur eine Heimat kennt: die des Missbrauchtwerdens. Jetzt ist es Selbstmissbrauch.

Ich schließe die Augen. Ich atme den Schmerz ein, spüre nach, wo er im Körper sitzt, ich beschwöre mich: „Es ist okay." Scheiße, nichts ist okay.

Ich heule Rotz und Wasser. Nein! Ich bin nicht mein Schmerz. Ich bin nicht meine Angst, ich bin nicht meine Sehnsucht, ich bin nicht meine Bedürftigkeit, ich bin nicht meine Kindheit. Ich habe diese Gefühle, ich habe diese Kindheit, und ich bin so viel mehr. Ich bin die Frau, die einen klugen Verstand hat, die einen wunderbaren erwachsenen Sohn hat, die Bilder malt. Es gibt diese Frau. Sie fühlt es nur nicht mehr.

9

BESESSEN

Ich denke mich in dein Bett
Ich habe vergessen wie kalt es war
Als es nicht mehr warm war
In dir, in mir.

Es ist Nacht. Ein Schrei. Ich bin es, die schreit. Dein Gesicht kommt auf mich zu, die Augen schwarze Löcher, aus denen roter Wein fließt. Deine Arme greifen nach mir. Ich laufe weg. Ich drehe mich um. Dein Gesicht löst sich auf. Ich höre deine Stimme: Paula, du kannst nicht weglaufen. Ich komme wieder, wann immer ich will, ich komme in allem, was du fühlst.

Schweißnass wache ich auf, gehe ins Bad, drehe den Wasserhahn auf, klatsche mir eiskaltes Wasser ins Gesicht. Im Spiegel sehe ich meine verquollenen Augenlider. Ich heule zu viel. Es ist mir egal wie ich aussehe. Du siehst mich ja nicht mehr. Hast du mich jemals gesehen, Vincent? Wirklich gesehen?

Wie schön du bist, hast du gesagt, immer wieder, mit diesem leuchtenden Glück in den Augen. Mit der Zeit wurde ich immer unsichtbarer für dich. Ich war dir gleichgültig, weil du immer gleichgültiger wurdest. Betäubt vom Alkohol. Taub für dich, taub für mich, für uns. Betäubtes fühlt nichts.

Ich will endlich frei sein. Ich gehe in die Küche, mache Kaffee, zünde mir eine Zigarette an. Ich blase den Rauch ins Zimmer. Er löst sich auf. Ich löse mich auf.

Da ist sie wieder, die Angst, dass meine Liebe unrettbar verloren ist. Sie macht mich klein, kleiner, am kleinsten. „Kleinstes", du weißt, warum du mich so nennst.

Auf dem Küchentisch liegt in der Glasschale der Ring, den ich in dem Spielzeugladen entdeckt habe, als ich bei dir zu Besuch war. Du hast ihn mir an den Finger gesteckt.

„Ich will, dass du meine Frau wirst", hast du gesagt.

Ich habe gelacht und du hast gelacht und auch ohne dir eine Antwort zu geben, wusste ich, dass ich nichts lieber wollte als deine Frau sein. Wie blöd kann man sein, einen Alkoholiker heiraten zu wollen?

Ich muss den Ring in die Pappschachtel zu den anderen Erinnerungen legen. Zu den kleinen Zetteln und Postkarten, auf denen du mir deine Liebe versichert hast. Der Ring liegt da wie das zerstörte Versprechen für das Glück, das es doch irgendwann geben muss, nach all dem Unglück, das es gab und gibt. Du wolltest mir den Ring kaufen, aber ich lehnte ab, weil ich wusste, wie knapp mit Geld du gerade wieder warst. Ich habe ihn bezahlt. Ich habe das Geschenk für Viola bezahlt, bei der wir am Abend zum Essen eingeladen waren. Du hattest nie Geld, egal ob am Monatsanfang oder am Monatsende. Du warst immer pleite.

„Die Kunst ist brotlos", hast du gesagt, auf das Engagement gewartet, das nicht kam und vom Amt gelebt. Aber Geld, um Alkohol zu kaufen und die tägliche Schachtel Zigaretten hattest du immer. Je kritischer ich dich betrachtete, desto bewusster wurde mir, dass ich diejenige war, die fast alles bezahlte, egal ob ich in deiner Stadt war oder du in meiner. Auch wenn du immer sagtest, ich will nichts von dir annehmen. Du hast alles genommen. Und immer hast du mir Rosen geschenkt. Langstielige rote Rosen, bis zum Schluss.

Einmal habe ich dir einen Mantel gekauft. Der Alte war so schäbig, dass du dich geschämt hast, ihn zu tragen. Es war schön, deine Freude zu sehen. Aber der teure dunkelblaue Mantel konnte dein rotes Gesicht und deinen wässrigen Blick nicht kaschieren. Ich sah dir zu, wie du dich vor dem Spiegel hin und her gedreht hast. Plötzlich warst du mir fremd. Ich fragte mich, was mir an dir noch gefiel. Deine Stirn und deine Wangen waren von blutroten Äderchen durchzogen, deine Augen kleine Schlitze. Unter den verquollenen Lidern war die Haut schuppig und rau. Das Grübchen in der Mitte deines Kinns war längst unter einem Fettpolster verschwunden. Das zerknitterte weiße Hemd spannte über deinem prallen Bauch, bereit, jeden Moment die Knöpfe zu sprengen. Dieser kaputte Kerl, der vor dem Spiegel steht, fremd und abstoßend, ist das der Mann, den ich liebe?, fragte ich mich. Wir standen da im Kaufhaus, das mir wie ein Niemandsland erschien, und ich fragte mich, was ich hier mache. Am liebsten hätte ich den Spiegel zerschlagen und dir die Splitter ins Gesicht geworfen.

10

ANGST

Wir strengen uns an.
Strengen uns mehr an.
Die Anstrengung ist ein Dämon.
Wir strengen uns immer weiter an, weil wir uns nicht geliebt fühlen.

April 2017

Ich öffne das Fenster. Im Garten schreit eine Amsel. Aufgeregt flattert sie in hin und her. Ihr Gekreische zerreißt die Stille. Ich gehe raus, um nachzusehen, wo sie hinfliegt.

Sie fliegt nach oben. Im zweiten Stock des Treppenhauses steht ein Blumenkasten auf dem Fenstersims. Dort bleibt sie sitzen. Ich gehe durch den Hausflur nach oben.

Im Blumenkasten liegt zwischen rosa Geranien ein kleiner Vogel. Er ist tot.

Jetzt verstehe ich. Die Amsel schreit bis zum Abend. Am nächsten Morgen schreit sie immer noch. Am Mittag ist es plötzlich still. Die Amsel fliegt noch immer zum Blumenkasten, sitzt eine Weile stumm da, hebt ab und fliegt zwei große Bahnen über dem Garten. Dann fliegt sie weg. Ich möchte sein wie diese Amsel, einverstanden mit dem, was nicht zu ändern ist. Ich schreie nach dir.

Je mehr Zeit verging, desto schwerer fiel es mir, den Vincent, in den ich mich verliebt hatte, hinter dem Säufer zu sehen. Deine Bewegungen, deine Gesten, der Ausdruck deines Gesichts wichen etwas Krankem. Deine Züge wurden bitter. Deine Mundwinkel zogen sich in zwei scharfen Linien nach unten. Es gelang mir immer seltener, dir ein Lächeln zu entlocken. Du warst nur noch ein Bündel Angst. Zitternde Angst, die dich nicht aus dem Bett kommen ließ.

Ich trank meinen Kaffee am Morgen allein. Ich aß allein zu Mittag. Ich machte allein Besorgungen. Gegen zwölf brachte ich dir ein Glas Wasser mit Magnesium gegen den Kater. Es half nicht. Schlafen, den Rausch ausschlafen bis drei, vier Uhr am Nachmittag. Der erste Kaffee, die Tabletten gegen die Angst einwerfen. Herzrasen und noch mehr Angst. Unter die Dusche. Mindestens eine Stunde das Wasser über deinen zitternden Körper laufen lassen. Parfümiert und mit gelackten Haaren rauskommen. Mich umarmen wollen, dich wegstoßen lassen, dich bei mir entschuldigen, fürs Saufen und dass ich wieder fast den ganzen Tag auf dich verzichten musste.

„Kleinstes, das geht so nicht weiter, ich ändere das ab heute, versprochen", sagen.

Um fünf der erste Schluck Wodka, dann das Glas Rotwein und weg die Angst. Man konnte bis zum Ende der ersten Flasche wieder etwas mit dir anfangen. Manchmal sind wir in die Stadt gegangen, in den Park, ins Museum oder zum Italiener, eine Pizza essen. Wir haben geredet, uns ausgemalt, was wäre, wenn es besser ist. Du hast getrunken und dich gefreut, dass ich ein Glas mitgetrunken habe. Wir schaffen das, hast du gesagt und dass du mich brauchst, um aufzuhören und ich dir Zeit lassen muss. Du hättest doch selbst langsam den Ekel vorm Saufen. Es ging nur noch um das A-Thema, wie du es nanntest. Was ich dir erzählen wollte, blieb ungesagt. Du warst nicht mehr erreichbar für mich.

„Du reduzierst mich auf den Alkohol", meintest du, als ich dir sagte, dass ich es mit dir so nicht mehr aushalte.

Ich antwortete: „Nein, du reduzierst dich auf den Alkohol."

„Du bist ja zwanghaft", hast du mich angeblafft.

Damit war die Sache für dich erledigt.

Ich war verstummt wie ein eingeschüchtertes Kind. Du hast meine Wahrnehmung verdreht, solange bis ich mir selbst nicht mehr vertraut habe. Du hast mich zwanghaft genannt. Du hattest Recht. Ich bin vom Zwang besessen, dich zu lieben.

Ich schlug zurück: „Du bist zwanghaft, was das Saufen angeht. Du leidest an einer unromantischen Krankheit, die man Sucht nennt."

Du hast dir ein weiteres Glas eingeschenkt.

Du brauchst nur genug Wut, um dich von ihm zu trennen, dachte ich immer öfter. Ich hatte genug Wut. Ich bin geblieben.

Ich darf dir keine Aufmerksamkeit mehr schenken. Du kommst in meinem Leben nicht mehr vor. Kein Kontakt, keine Fotos von uns, die ich mir anschaue. Mein Blick fällt auf den Ring. Ich muss den Ring wegpacken. Ich will meine Seele retten. Es fühlt sich an wie Sterben.

Ich begann dich zu kritisieren, zu provozieren, an dir herumzumeckern. Ich schleuderte dir meine Verzweiflung entgegen. Schau dich an, siehst du nicht, wie viel du säufst und immer mehr, wie du Massen von Chips und Gummibärchen in dich hineinstopfst und literweise Cola, wenn du mal eine Saufpause machst? Siehst du nicht, wie du völlig fertig auf meinem Bett liegst und blödsinnige Spiele auf deinem Handy spielst? Ekelst du dich nicht vor dir selbst, wenn du dir im Netz Pornos ansiehst und dir einen runterholst? Abscheulich, dich selbst zu befriedigen im Bett der Frau, die du angeblich gern vögelst. Ich fühlte mich wie der billige Ersatz für die Frauen in diesen Clips, die allzeit geil und bereit sind. Ich sei zu wenig spontan, sagtest du und dass du am liebsten mal woanders vögeln möchtest, nicht immer nur im Bett. Anstalten es zu tun, hast du nicht gemacht. Du hattest immer weniger Verlangen. Immer gab es einen anderen Grund, warum es nicht ging. Zu müde, zu betrunken, keine Lust. Immer dachte ich, ich bin der Grund. Ich war nicht der Grund, der Grund war der Alkohol. Aber das wolltest du nicht wahrhaben. Unser Sex war reine Mechanik, wenn es mal klappte. „Ich muss mal eine andere bumsen", sagtest du einmal, „dann klappt es wieder". Ich war verletzt. Du hast gelacht und gemeint, es sei ein blöder Witz und dass ich alles immer gleich dramatisiere.

Irgendwann hatte ich keine Lust mehr auf dich. Wir stritten nur noch. Du hast dich beklagt, dass ich dich nur noch verletze. Dann schämte ich mich für meine Ausbrüche. Du hast mir leidgetan, wenn du geweint hast wie ein kleiner Junge, mit dem die Mama schimpft. Ich habe mit dir geweint.

„Du und ich, das ist eine verzweifelte Liebe", sagtest du.

Ich fand keine Worte, um dein Pathos zu zerstören. In Wahrheit hat sich deine Verzweiflung über alles gelegt. Die Verzweiflung darüber, nicht aufhören zu können. Du warst längst der Schwächere, der Alkohol hatte die Macht über dein Leben. Er hatte die Macht über dich und über mich. Ich begann, diese unglückliche, keifende Frau zu hassen, die deine Sauferei aus mir herausholte. Ich begann die Kontrolle über mich zu verlieren. Ich verlor das Verständnis für dich. Ich schaffte es nicht mehr, mir zu sagen: Er ist krank. Ich schaffte es nicht mehr, weil du nicht kapiert hast, wie krank du bist, weil du dir und mir etwas vorgemacht hast, weil du keine Hilfe angenommen und keine Hilfe gesucht hast.

„Das ist alles nichts für mich. Die Anonymen Alkoholiker mit ihrem Gelaber von einer höheren Macht, so ein Bullshit!" Eine Entgiftung im Krankenhaus ging nicht, weil du ein Einzelzimmer brauchst, wegen deiner Panikattacken. Sie sind der Grund fürs Saufen, sagst du. Weil der Horror im Kopf dann aufhört, weil du dann endlich für ein paar Stunden Ruhe hast. Dass die Attacken am nächsten Tag schlimmer wurden, hat dich nicht gestört. Es gab tausend Gründe zu trinken und keinen einzigen Grund, um aufzuhören. Je mehr ich drängte, desto mehr wurde ich zu deiner Feindin.

„Du machst mir Druck, so wird das nichts, ich saufe mehr, wenn du mir Druck machst", schobst du mir die Schuld zu. Ich hob die Last der Schuld auf, wie ich es von Kindheit an gewohnt war. Immer war ich schuld. Etwas in mir glaubte das noch immer. Dieser Glaube machte mich gefügig. Es ist wie ein Zwang, mich schuldig zu fühlen.

Ich schlafe schlecht. Sobald ich aufwache, ist der Schmerz da.

Für mich warst du meine Hälfte der Halbierten. Mit dir habe ich mich ganz gefühlt. Ich bin halb, ich bin weniger als halb, ich existiere nicht ohne dich.

Ich habe mit Männern geschlafen, mich mit ihnen verbunden gefühlt und nach dem Verlassen des Bettes war es wieder da, das Gefühl des Getrenntseins. Mit dir blieb eine tiefe Verbundenheit. Verbundenheit mit einem, der sich selbst nicht guttut, der mir nicht guttut, der sich selbst und mich quält.

Du kennst das, Paula. Es ist die Geschichte deiner Kindheit. Es ist das unbewusste Verlangen, sie zu wiederholen, um sie endlich zu überwinden. Es wird nicht funktionieren, du weißt das. Du konntest deinen versoffenen Vater nicht retten, ebenso wenig wie den Vater deines Sohnes. Du konntest ihnen keine Liebe entlocken.

Hör auf damit, Paula!

Ich möchte schlafen, bis ich aufwache und es nicht mehr weh tut.

Stundenlang sitze ich am Schreibtisch. Den Schmerz fassen. Ihn im Griff behalten. In Worte packen. Eine Schutzmauer aus Worten bauen. Meine Wahrheit suchen. Die Lüge entlarven. Mich über den Abgrund der Verwirrung hangeln. Die Trümmer der Zerstörung einsammeln. Bruchstücke zusammenfügen. Verstörtes entstören. Nicht durchdrehen. Ich schreibe, bis meine Augen brennen und die Buchstaben verschwimmen. Ich schreibe, um zu überleben. Ich schreibe gegen die Einsamkeit an. Einsamkeit tötet schneller und sicherer als das Rauchen von fünfzehn Zigaretten am Tag. Ich rauche zwanzig. Ich will leben.

Aber wie leben, wenn dich alles verlassen hat? Oder habe ich alles verlassen?

„Wenn dich alles verlassen hat, kommt das Alleinsein. Wenn du alles verlassen hast, kommt die Einsamkeit", schreibt Alfred Polgar.

Bereitet mich die Einsamkeit auf einen einsamen Tod vor? Hat sie bis dahin ihren Schrecken verloren? Kann man sich an die Einsamkeit gewöhnen? Schmerzt sie irgendwann nicht mehr? Vergisst man sie irgendwann? Kann man leichter sterben, wenn man das Sterben im Leben geübt hat? Einsamkeit heißt in Dosen sterben. Einsamkeit und Trauer über alles, was war, was nicht war, nicht mehr ist und nie mehr sein wird, ist tödlich. Ich habe Angst vor dem Tod.

Nimm dich nicht so wichtig, sage ich mir an guten Tagen, und kann es nicht an schlechten. Ich habe nur noch mich. Ich stehe mit mir auf, ich gehe mit mir durch den Tag, ich schlafe mit mir ein. Den Teddy im Arm. Ein Übergangsobjekt im intermediären Raum. Die kleine Paula ist verlassen worden. Ich darf sie nicht auch noch verlassen. Ich muss gut zu ihr sein, sie umsorgen, beschützen, halten, trösten.

Scheiße, kleine Paula, ich kann dich nicht trösten, ich bin selbst untröstbar.

Verdammt, wo ist meine Würde geblieben?

Am Abend schenke ich mir ein Glas Rotwein ein. Dann noch eins. Der Wein macht warm im Bauch und dumpf im Kopf. Bis zum nächsten Morgen, nach einer unruhigen Nacht, wegen des Alkohols, den ich nicht vertrage, von dem mir der Magen brennt.

Alkohol baut Stress nicht ab. Das ist ein Mythos. Alkohol fördert Stress. Kein Effekt ohne Gegeneffekt. Die durch den Alkohol erreichte Entspannung fordert ihren Preis. Am nächsten Tag ist der Stress noch größer. Der erste Kaffee weckt eine leise Hoffnung, dass dies alles vorüber geht. Kaum habe ich ihn getrunken, ist sie weg. Wenn nur irgendjemand meine Angst, meinen Schmerz und meine Trauer mit mir teilen würde und ich seine Ängste und Schmerzen mit ihm, wir uns Halt geben würden, uns sagen würden, wir schaffen das – aber diesen Jemand gibt es nicht. Du sollest es sein und konntest es nicht sein.

Ich muss raus. Ich gehe ins Bad, dusche eiskalt. Ich schminke mich. Blutrote Lippen ins blasse Gesicht. Ich ziehe das schwarze Kleid an, das du so gern magst und den schwarzen Ledermantel. Wie ferngesteuert verlasse ich das Haus. Ich laufe durch die Straßen. Ziellos. Ich habe nichts zu schaffen mit diesen Straßen, nichts zu schaffen mit den Menschen in diesen Straßen.

Als ich vor zehn Jahren aus Berlin in diese Stadt zog, wollte ich neu anfangen. Ich malte mir ein schönes Leben an der Seite von Theo aus, der sagte, er sei jetzt für mich da. Ich solle meine Kunst machen, er würde für mich sorgen. Ich habe selbst für mich gesorgt. Ich habe mein eigenes Geld verdient und mir damit das kleine Atelier finanziert, in das ich ausweichen konnte. Raus aus der großen Jugendstilwohnung, wenn mir Theos Kontrollsucht unerträglich wurde. Das Ende vom Lied war, dass ich an Theos Seite fast erstickt bin. Ich bin gegangen. Seitdem lebe ich in dem kleinen Atelier im Hinterhaus und gebe Malunterricht. Wenn ich so weiter mache und nicht arbeite, bin ich es bald los. Vielleicht wäre alles besser, wenn ich bei Theo geblieben wäre. Ich hätte dich nicht getroffen.

Lustlos laufe ich durch das arabische Viertel. In einer türkischen Bäckerei kaufe ich mir eine Baklava und einen Schwarztee. Der Tee schmeckt bitter. Ich setze mich auf die schmale Holzbank vor dem Schaufenster, hinter dem Berge von Süßigkeiten aufgebaut sind. Das süße Leben, denke ich, und wie bitter mein Leben geworden ist.

Es war unmöglich, mit dir durch diese Straße zu gehen, unmöglich mit dir auf dieser Bank zu sitzen und ein Glas Schwarztee zu trinken.

Überall Männer, deren Aussehen deine Ängste triggern. Typen, die groß und breit sind und Tattoos tragen, lösen

Panik bei dir aus. Ich konnte deine Angst spüren, auch wenn du versucht hast, sie zu verbergen. In deinem Kopf fand das immer gleiche Szenario statt. Es war so anstrengend, mit dir draußen zu sein. Es war so anstrengend, mit dir zu leben. Es war so anstrengend, dich zu lieben. Es ist so anstrengend, dich nicht zu lieben.

„Es sind nur Gedanken, dir tut keiner etwas,“, wiederholte ich wieder und wieder, um dich zu beruhigen. Geholfen hat es nichts. Du warst nicht zu beruhigen. Das Monster in deinem Kopf ist mächtiger als alle Worte. Du hast nicht lockergelassen.

„Woher willst du das wissen?“

„Du sagst doch selbst, dass es die alte Angst ist, du weißt es doch. Du bist kein kleiner hilfloser Junge mehr. Jetzt bist du erwachsen.“

Du hast nicht aufgehört, weil ES nicht aufhörte. Die Angst deiner Kindheit hat dich nicht verlassen. Immer wieder hat sie dich eingeholt. Dass ich auf dich einging, hat es nicht besser gemacht. Du hast immer wieder neue Rückversicherungen eingefordert.

So viele schöne Momente, die die Erinnerung an die Schläge des Vaters haben kippen lassen in diese wahnsinnige Angst, die dich umklammerte, und dich und mich hilflos machte. Grün und blau hat er dich geschlagen, wenn er besoffen seine Wut an dir abreagierte.

Irgendwann habe ich dir nicht mehr geantwortet. Ob das besser war? Ich weiß es nicht. Immer öfter hatte ich das Gefühl, ich wäre gar nicht da, auch wenn ich an deiner Seite war.

Deine innere Welt blieb mir verschlossen.

Und ich war ausgeschlossen.

Vincent, hast du mich überhaupt wahrgenommen? Bist du überhaupt fähig, aus deinem inneren Käfig heraus einen anderen Menschen zu sehen, ihn zu fühlen, mit ihm zu fühlen? Wie ist das möglich, wenn die Parallelwelt, in der du gefangen bist, ständig präsent ist, während das Hier und Jetzt stattfindet?

Kannst du Liebe fühlen, wenn dein Kopf damit beschäftigt ist, die Angst abzuwehren und du am Abend betäubt vom Alkohol bist?

Mit wem habe ich die letzten Jahre verbracht? Wer bist du? Habe ich einen Fremden geliebt, den ich glaubte, mir vertraut gemacht zu haben, dem aber nicht zu trauen war?

„Vertrau mir nicht!", hast du gesagt.

Das war mein Fehler, ich habe dir vertraut.

Kann es sein, dass du dir selbst nicht vertraust? Wie soll das auch gehen, wo du in zwei Welten lebst, gespalten zwischen dem, was dir das Angstmonster in deinem Kopf vorgaukelt und dem, was wirklich stattfindet? Wie lebt ein Mensch auf diese Weise, wem oder was kann er Glauben schenken, wem oder was kann er vertrauen?

„Ich vertraue dir", hast du gesagt.

Am Ende hast du mein Vertrauen dann doch angezweifelt, weil ich nicht mehr die war, die alles verzeiht, weil sie alles versteht.

„Du bist gegen mich!", hast du mir vorgeworfen.

Ich war für dich, aber es hat nichts besser gemacht. Die Sucht und die Angst bäumten sich immer mächtiger auf, wie zwei Teufel, die spüren, dass man ihnen zu Leibe rücken will, und alle Geschütze auffahren, um ihre Existenz zu behaupten.

Die Teufel waren stärker als du und ich.

Würde ich dir das sagen, würdest du antworten, dass kein Teufel stärker ist als deine Liebe zu mir. Natürlich siehst du mich. Natürlich bist du fähig, aus deinem Käfig herauszugreifen, hin zu mir. Natürlich liebst du mich. Natürlich kannst du mich halten, weil du mehr bist als dein Drama. Wahr ist, dass du mich nicht gehalten hast, als ich es am nötigsten brauchte. Du warst nicht da, um meine Hand zu halten, als ich zu Ralphs Beerdigung fuhr. Du hast kein Geld für die Zugfahrt, sagtest du, und wolltest nicht, dass ich das Ticket zahle. Du warst nicht da, als David in der Aussegnungshalle seinem Vater bitterlich weinend den Abschied gab und ich zusammengeklappt bin, weil es mir das Herz zerriss, den Schmerz meines Sohnes zu spüren.

Warst du nicht da, weil du Angst hattest, David könnte dich erkennen, den nächsten Alkoholiker, den seine Mutter sich ausgesucht hat? Einen wie sein Vater? Hast du dich geschämt? Hast du mir die Scham ersparen wollen oder meinem Sohn oder dir selbst? Oder hattest du einfach keinen Bock? Vincent, wie willst du mich halten? Du kannst dich ja selbst kaum halten.

11

TIEFES WASSER

Sucht tötet langsam, aber gründlich.
Sie tötet alles, was da ist, einschließlich unserer Träume.
Nichts stirbt langsamer und schmerzhafter als ein Traum.
Zerstörte Träume sind zerstörte Träume.
Enttäuschungen sind Enttäuschungen
und alles bereitet Schmerz.
Wir leiden durch die Sucht eines Menschen, den wir geliebt
und dem wir vertraut haben.
Wir sind belogen worden. Wir haben uns selbst belogen.
Wenn wir unsere verlorenen Träume begraben wollen,
müssen wir das akzeptieren.

Nach all den Jahren des Dauersaufens bist du ein Wrack. Du bist es leid zu trinken und: „Ich kann nicht mehr aufhören", sagst du.

Ich bin ganz leer. Ich habe getan, was ich konnte. Ich habe begriffen, ich kann dich nicht ändern. Ich kann niemanden ändern. Er wird sich entweder meinen Anstrengungen widersetzen oder seine Anstrengungen verdoppeln, um mir zu beweisen, dass ich ihn nicht ändern kann. Er wird mich dafür bestrafen oder mich sogar hassen, weil ich ihn zu etwas bringen will, was er nicht will. Niemals führt der Versuch, andere zu ändern zum Erfolg. Keine noch so gut gemeinte Anstrengung wird eine Veränderung in einem anderen bewirken. Das ist die Wahrheit und sie ist grausam.

Das ist besonders grausam, wenn man jemanden liebt, der sich zugrunde richtet. Der einzige Mensch, den ich ändern kann, bin ich selbst. Das ist schwer genug.

„Wenn ich trinke, ist die Angst weg. Versteh das doch endlich! Der Alkohol ist mein Rettungsanker", darauf beharrst du.

Dein Anker zurrt dein Boot auf dem Grund fest. Es liegt auf der glatten Oberfläche des Wassers und irgendwann wird es verrotten. Willst du verrotten, Vincent? Die Bilder unserer Gedanken gleichen sich nicht. Unsere Gefühle zu den Bildern sind verschieden. Wir sind uns fremd in der Welt der Bilder und der Gefühle.

Keine zwei Menschen deuten auf dieselbe Weise.

> *„Es waren zwei Königskinder,*
> *die hatten einander so lieb,*
> *sie konnten beisammen nicht kommen,*
> *das Wasser war viel zu tief,*
> *das Wasser war viel zu tief."*

Erinnerst du dich, wie du an unserem Anfang das Lied von Theodor Storm gesungen hast? Du wusstest, wie tief das Wasser ist, das uns trennt. Das tiefe, dunkle Meer der Sucht, auf dessen Grund die Hoffnung auf ein Beisammensein schon begraben lag, als wir uns begegneten. Ich wäre so gern mit dir beisammen. Dein Lachen, deine Leichtigkeit in all der Schwere. Dein „Kleinstes". Es fehlt mir. Du fehlst mir. Ich vermisse dich. Ich vermisse uns. Ich will dieses Gefühl nicht mehr fühlen. Ich will es nicht mehr denken, all das Unmögliche, das es zwischen uns gab.

12

LOSLASSEN

Loslassen basiert auf der Erkenntnis, dass wir nicht die Macht, nicht die Kontrolle über Dinge, Situationen oder Menschen besitzen. Loslassen können schließt das Leben im Moment ein: Im Hier und Jetzt sein. Wir lassen es geschehen, wir haften nicht mehr an, wir hören auf, mit Macht kontrollieren zu wollen, wir lösen uns vom Ungelösten der Vergangenheit, von der Angst vor der Zukunft und vertrauen auf das Jetzt. Wir werden frei vom Wollen und öffnen uns achtsam für den Moment. Loslassen ist eine Entscheidung, eine Bereitschaft, eine Handlung und es ist eine Kunst. Wir lösen unseren Geist, unser Herz und unseren Körper aus der Anhaftung. Mit Ehrlichkeit uns selbst gegenüber und dem Willen, für diese Ehrlichkeit einzustehen und danach zu handeln. Wir wissen genau, wann es Zeit ist, loszulassen. Wir wissen es nicht nur, wir fühlen es. Und dieses Wissen und diese Gefühle nehmen wir ernst. Wir lassen in Liebe gehen, was uns längst verlassen hat und nur noch da ist, weil wir es festhalten. Und wenn wir nicht in Liebe loslassen können, ist es besser, uns mit Wut zu lösen, als gefesselt zu bleiben.

Wir lassen ab von der Kraftanstrengung des Festhaltens und sagen ja zu dem, was ist, auch wenn es nicht so ist, wie wir es uns wünschen.

Am Morgen schreibe ich. Die Nachmittagsstunden verbringe ich im Garten. Der wilde Garten, in den ich mich gleich verliebt habe, als mir die Maklerin das Atelier zeigte. Die Bruchbude, wie du sie nanntest. Ich mag die Bruchbude. Der Garten ist meine Insel. Ich schaue auf die rosafarbenen Hortensien. Ihre Schönheit beruhigt mich. Die Sonne brennt auf meiner Haut. Möge dieses Brennen meine Sehnsucht nach dir verbrennen. Ich bin auf Entzug. Es geht vorbei, sagt mein Kopf. Es geht niemals vorbei, weint mein Herz. Das wirst du nicht überleben, schreit mein Bauch.

Alle Verluste haben etwas Gemeinsames: Die Erfahrung des Gehenlassen-müssens, der Abschied von dem, was war, schließlich die Akzeptanz, dann das Loslassen. "Was nicht zu uns gehört, fällt von uns ab", schreibt Rainer Maria Rilke. Damit könnte ich mich über das Untröstliche hinwegtrösten, wenn ich seinen Worten Glauben schenken würde. Aber ich bin eine Ungläubige. Diese Worte klingen nach Fatalismus, der ausschließt, dass wir selbst verantwortlich sind für vieles, das uns widerfährt und damit manchmal auch für das, was von uns abfällt. Weil wir es nicht halten können, weil da etwas in uns dagegen arbeitet, dass es bleibt, weil wir zu wenig getan haben, zu wenig versucht, zu wenig gegeben oder zu viel genommen haben, ohne zu geben, zu wenig verstanden, zu wenig gekämpft, zu wenig verziehen, zu wenig verändert haben, was zu verändern gewesen wäre. Unsere Gedanken, unsere Gefühle, unsere Handlungen und Entscheidungen sind es, durch die wir unser Leben gestalten, in den kleinen Dingen und in den großen. Wie oft habe ich das zu dir gesagt, wenn du dich selbst bemitleidet hast und meintest, es wäre okay, dich totzusaufen, dein Leben sei sowieso nichts wert. Es gibt Etwas, das größer ist als wir, aber es ist nicht für alles verantwortlich, was geschieht. Es ist so viel mehr, was unser Leben beeinflusst, und dazu gehört die Bereitschaft, die Verantwortung für uns selbst zu übernehmen. Dieser Verantwortung können wir uns stellen – oder nicht. Es ist niemals so einfach, wie wir glauben, es ist niemals so einfach, wie man uns glauben machen will. Wäre es so einfach, wäre das Leben zu verstehen und alle Fragen beantwortet und Loslassen keine Aufgabe.

Ich war noch nie gut im Loslassen. Ich war noch nie gut darin, einen Menschen zu verlassen, den ich mir vertraut gemacht habe. Vincent, was wird von dir bleiben? Was hast du mir gegeben, das ich bewahren werde? Deine Zärtlichkeit, die verging, weil wir zu viel stritten, deine Trauer, die sich zu der meinen legte und mich weniger einsam machte, der Schmerz deiner Kindheit, der meinen eigenen weniger groß scheinen ließ. Dein Lachen, das meine Melancholie vertrieb. Unser Tanzen in der Küche und die Musik ganz laut und egal, was die Nachbarn denken. Im Regen tanzen und nass werden und glücklich sein. Unser Miteinanderschlafen und nicht satt werden. Deine Leichtigkeit, die immer wieder aufblitzte und mich meine Schwere für einen Moment in der Zeit vergessen ließ. Deine Geduld, die alles ertragen und alles verzeihen konnte. Dein Jungengesicht mit den feinen, klaren Zügen, wenn es mich glücklich anstrahlte? Dein „ sch, sch", wenn mich die Angst packte. Das alles wird bleiben. Auch die Verletzung wird bleiben.

Viele kleine Verletzungen reißen im Laufe der Zeit eine große Wunde und sie reißen alte Wunden wieder auf. Jede einzelne Verletzung ist wie ein kleiner Nadelstich, der uns anpickst, um uns zu warnen, uns nicht noch mehr wehtun zu lassen. Ich hielt aus, bis der Schmerz so groß war, dass ich ihn nicht mehr ertragen konnte. Der Leidensdruck muss verdammt hoch werden, um endlich die Brille abzusetzen, welche die Realität vernebelt. Die Realität, die schon immer da war, die ich lange leugnete: Du bist krank. Ich bin krank. Unsere Krankheit heißt: Sucht. Das Gegenteil davon ist Klarheit. Klarheit kommt aus der Stille. Jetzt ist es still. In der Stille glotzt mich die Wahrheit an. Inmitten all der Kämpfe und der Streitereien habe ich meine Klarheit verloren und mit ihr mich selbst. Ich muss mir zurückholen, was ich verloren habe. Das ist schwer. Aber es ist schwerer, das Leben klaren Blickes für etwas zu vergeuden, was zu immer mehr vom Gleichen führt: Leiden.

Das ist zum Fürchten.

13

OPFER UND TÄTER

Vielleicht hat man dir beigebracht, dir selbst nicht zu vertrauen.
Das geschieht, wenn Gefühle in dir sind, die du ausdrückst und
man dir sagt: Falsch oder unangemessen. Das geschieht, wenn man
dir sagt, mit dir stimmt etwas nicht, du bist verrückt. Das geschieht,
wenn man deine Wahrnehmung verdreht und dir sagt, was du wahr-
zunehmen hast. Das geschieht, wenn man dir sagt, du taugst nichts.
Das geschieht, wenn man dir sagt, du musst Angst haben, das Le-
ben ist gefährlich.
Das geschieht, wenn man dir sagt, du wärst besser nicht geboren
worden.

August 2017

Es ist heiß. Die Luft ist trocken und staubig. Es ist ein ein-
samer Sommer. Kein Sommer wie in den Jahren, in denen
ich mit dir war. Die Zeit verging wie im Flug, während sich
dieser Sommer zäh und schleppend dahinzieht. Ich habe
Angst, dass so alle Sommer, die mir noch bleiben, sein werden. Ich habe Angst, dass diese verdammte Einsamkeit
kein Ende findet.

Vincent, vielleicht bist auch du jetzt einsam. Dann sind
wir zusammen einsam, auch wenn wir nicht mehr zusammen sind. Dann sind wir irgendwie doch zusammen. Mir
geht es schlecht und es ist niemand da. Du bist nicht da.
Wenn du mich lieben würdest, dann wärst du jetzt da. Ich

habe auch keine Freunde, die da sind. Dasselbe könntest du jetzt von mir sagen, es geht dir schlecht und ich bin nicht da. Wer von uns leidet mehr? Wessen Schmerz ist größer? Scheißegal, es spielt keine Rolle.

Du hast Viola, zu der du gehst, und bist somit nicht allein. Wer hat wen allein gelassen, ab wann? Einer den anderen, du mich, ich dich?

Immer wieder und jetzt schon so lange.

Es ist heiß, aber ich sitze trotzdem im Garten und lese ein wenig. Schreiben und lesen. So vergeht der Tag, wie alle Tage, irgendwie bringe ich ihn herum. So geht ein Sommer vorbei, wieder ein Sommer, in dem ich nur ein Zuschauer bin im Leben. Manchmal ist mir sowieso schon alles gleichgültig, ob es Abend ist oder Morgen, ob Sommer ist oder Winter. Es macht keinen Unterschied. Und irgendwann ist keine Zeit mehr zum Leben. Ich habe jetzt viel Zeit und kann nichts Sinnvolles damit anfangen. Da ist nichts, was mir Freude macht, was mich begeistert. Es scheint, als habe ich alles schon hundertfach getan und es wieder tun, ist eine langweilige Wiederholung. Es ist alles so monoton. Ich schreibe an dich und weiß, du wirst es nicht lesen, weil ich es dir nicht zu lesen geben werde. Die Gedanken an uns sind meine Beschäftigung. An uns denken, Sehnsucht haben, Angst haben, schreiben, aufräumen, putzen, kochen, essen, einen Wein trinken, weinen, mich ins Bett legen, obwohl es draußen noch hell ist. Und am Morgen beginnt alles von vorn.

Ich zerfließe vor Selbstmitleid. Ich habe es doch so gewollt. Ich habe dich verlassen. Du bist jetzt sicher bei Viola. Du wirst sie unterhalten, mit ihr essen und trinken. Hast du Spaß? Ich habe keinen Spaß. Ich möchte dich anrufen und dich fragen, ob es dir egal ist. Wie kindisch ich bin.

Mein Vater kommt mir in den Sinn. Ich sehe ihn vor mir, den kleinen rundlichen Mann mit dem Schnauzer, dem schwarzen Haar und den blitzenden grünen Augen, in denen der Hass auf sein Leben lag. Ich sehe, wie er meine Zimmertür aufreißt. Betrunken. Ich sehe, wie er mein Tagebuch an sich reißt, in das ich gerade schreibe und wie er es mit ins Wohnzimmer nimmt. Ich renne hinter ihm her. Ich will mein Buch zurück. Lallend schreit er ins Wohnzimmer, was ich geschrieben habe. Ich sehe das wutverzerrte Gesicht meiner Mutter, die hört, dass ich sie eine böse Hexe nenne. Mit einem vernichtenden Blick sieht sie mich an, wendet sich meinem Vater zu und sagt:

„Du weißt doch, dass sie ein schlechter Mensch ist."

Der Mensch ist dreizehn Jahre alt und will vor Scham in den Erdboden versinken.

Nichts in diesem Haus ist sicher, nicht einmal mein Zimmer ist mehr sicher. Der Vater kennt keine Grenzen. Immer muss ich auf der Hut sein, dass er mich nicht erwischt, mich nicht herausreißt aus mir selbst, mich an die Wand stellt und zum Abschuss freigibt.

Einmal sagte meine Mutter zu mir, dass sie mich nicht lieben kann. Meinetwegen hätte sie meinen Vater heiraten müssen. Diese Ehe sei ihr Sterben im Leben. Ich fühlte mich schuldig an ihrem Unglück. Ich schwor mir, niemals so unglücklich zu werden wie sie. Ich bin nicht glücklich geworden, aber ich hatte zumindest glückliche Momente und ich fühlte mich frei. Heute weiß ich, diese Freiheit gründete auf der Angst, mich zu binden und im Zweifel daran zu sterben. Nein, ich bin nicht frei von den ersten Menschen in meinem Leben. Noch immer käue ich das unverdaut Geschluckte ihrer Worte wieder. Ich will es auskotzen, so wie du es ausgekotzt in den betrunkenen Nächten, wenn du in diesen wilden Zorn gleitest und dich von einem Dr. Jekyll in Mr. Hyde verwandelst.

Du hast dich gebärdet wie mein Vater. Ich habe es dir gesagt. Es war dir egal, was dein Schreien und dein Wüten mit mir machte. Es hat etwas mit mir gemacht. Ich begriff, die Wunde kann so nicht heilen. Die Vaterwunde, die Mutterwunde. Am Ende blutet sie mich aus.

Ich habe dir meine Liebe auf dem Silbertablett hingehalten in der Hoffnung, die deine zu bekommen, wenn ich nur alles ertrage. Aber ich konnte deinen Hass nicht mehr ertragen, ohne zurückzuschlagen. Ich habe mit Worten auf dich eingeschlagen wie du auf mich. Beide haben wir einander nicht gemeint. Am nächsten Tag tat es uns leid. Aber ich bin nicht fähig, zu vergessen. Ich trage es dir nach, weil du so nicht sein darfst, nicht so wie er.

„Ich bin nicht dein Vater, ich bin nicht dieses Arschloch. Ich meine das nicht so", hast du beteuert.

„Es interessiert mich nicht, ob du es so gemeint hast, du führst dich auf wie dieses Arschloch, und du meinst mich", habe ich geantwortet.

Das Bild meines Vaters legt sich über dein Gesicht. Du hättest mich verstehen können. Du kennst den Schmerz. Aber der Schmerz deiner Kindheit hat dich nicht sanft gemacht, nicht mitfühlend, nicht verstehend. Er hat dich krank gemacht vor Selbsthass. Er bricht aus dir heraus, wenn du betrunken bist.

Was ist aus uns geworden, Vincent? Zwei Menschen, die es nicht besser machen, die wie zwei Idioten wiederholen, was man mit ihnen gemacht hat. Wir haben uns behandelt, wie man uns als Kinder behandelt hat, uns selbst und einander. Wir waren Opfer und sind zu Tätern geworden. Wir meinen nicht uns, aber treffen uns anstelle derer, die wir wirklich meinen. Ich will so nicht sein. Ich weiß, dass du das auch nicht willst.

Wir wollen eine Liebe, die nur Gutes verspricht, die glücklich machen soll. Aber wenn wir lieben, müssen wir bereit sein, das Ganze zu lieben, die Schwächen, die Abgründe, auch wenn sie uns erschrecken. In dem Moment, da wir das erkennen, wollen wir davonlaufen, weil es uns Angst macht, weil wir das nicht aushalten wollen und weil wir so nicht leben wollen. Wenn ich nur wüsste, wie ich uns helfen kann. Ich weiß es nicht, Vincent, ich weiß es nicht.

14

E S

ES geht nicht
ES vergeht nicht
ES bleibt
Wir bleiben
ES

Du rufst an, sagst, du liebst mich noch immer. Ich traue dir nicht. Gründet dein Wollen auf der Angst, es mit dir selbst aushalten zu müssen? Ohne, dass da jemand ist, der dir abnimmt, was du allein nicht ertragen kannst? Ist da niemand, der dir zuhört, wenn du im Rausch deine Träume lebendig werden lässt? „Du und ich. Für immer", hast du gesagt. Ich habe dir glauben wollen.

Ich scheiße auf deine Träume, die du im Kopf malst, ohne jemals einen Pinsel in die Hand zu nehmen, um ihnen Gestalt zu geben. Wie schwer ist es für dich ohne jemanden, dem du deine Traurigkeit anträgst und deine Verzweiflung, weil die Angst dir die Tage zur Hölle macht? Ohne einen, der dir dabei zusieht, wie du mit den Händen gegen deinen Kopf schlägst und vor Verzweiflung laut schreist? Rufst du deshalb an?

Heißt „ich will dich", ich „brauche" dich?

Antworte ich dir noch immer, weil ich immer noch hoffe, dass du für mich erledigst, was ich nur selbst erledigen kann? ES wird dich nicht verlassen. ES wird uns nicht verlassen. ES wird so lange da sein, bis wir genesen sind von den Wunden unserer Kindheit.

Echte, tiefe Begegnungen können nur stattfinden, wenn sich zwei Menschen begegnen, die sich selbst geben können, was sie brauchen. Alles andere ist die bedürftige Sehnsucht der verletzten Kinder in uns. Ihre Sehnsucht führt zu immer neuen Enttäuschungen. Vielleicht brauche ich diese Enttäuschung, um endlich zu tun, was meine Aufgabe ist – mich selbst lieben lernen. Ich bin krank vom Zusammensein mit einem Kranken, dessen Krankheit meine Krankheit verschlimmert. Ich stehe vor einem Abgrund, der mir die Bodenlosigkeit meiner Existenz vor Augen führt.

Ist unser Schicksal bereits in der Besetzungsliste unseres inneren Dramas enthalten, wobei die einzelnen Figuren unsere tiefsten Bedürfnisse, Konflikte und Sehnsüchte verkörpern? Ist der Ablauf des Stückes schon vorgegeben durch die Zusammensetzung der Truppe und die Beschaffenheit der Bühne? Sind wir auf ewig dazu verdammt, an diesem Drama festzuhalten, dem Textbuch zu folgen, weil es in uns festgeschrieben ist? Ich will das nicht glauben. Ich will das Drama umschreiben.

Du machst die Regeln. Du entscheidest über Nähe und Distanz. Du bestimmst, wie lange wir telefonieren. Es ist dir egal, ob ich reden will. Mit einem langgezogenen „Also ..." beendest du jedes Gespräch, wenn du genug hast.

„Ich will dir nichts Schlechtes, mein Liebchen", immer wieder hast du es gesagt und mir Schlechtes getan. Ich habe dir immer wieder glauben wollen, obwohl du mich so oft eines Besseren belehrt hast. Noch jetzt will ich glauben, dass es nicht mit Absicht geschieht, wenn du mir weh tust.

„Ich werde dich nicht verletzen", hast du mir am Anfang versprochen. Von all den gebrochenen Versprechen, richtet das den meisten Schaden an. Die Wahrheit ist: „Egal was du tust, ich werde dich verletzen. Ich werde dich verletzen, weil ich nicht anders kann."

Hurt People hurt People. As long as they won't heal.

Ich wollte an uns glauben. Ich wollte uns nicht aufgegeben. Immer wenn du wiederkamst, waren wir für einen Moment in der Zeit glücklich. Das kann nicht sein, dass es keine Liebe ist. Vincent, sag mir, dass ich mich nicht täusche!

Jedes Mal war die Hoffnung groß. Die Hoffnung, dass du dir nicht schon am späten Nachmittag das alles verändernde erste Glas einschenkst. Dann hast du es doch getan. Der Saufdruck, hast du gesagt, und dass du machtlos dagegen bist. Und alles fing von vorne an. Was habe ich von dir erwartet? Etwas, was du nicht kannst. Und wozu brauche ich es, dass du meine Erwartungen erfüllst? Damit es mir gut geht.

Mit einem Alkoholiker geht es mir nicht gut. Die wenigen Momente, in denen du klar bist, wiegen nicht auf, was ist, wenn du betrunken bist. Jeder Rausch, bei dem ich zusehen musste, hat mich vernichtet, als ob es der erste wäre. Hätte ich dich gelassen, dir dein Drama gelassen, und mich nicht auf das „ich muss ihn retten, damit er mich liebt", verlegt, vielleicht wäre alles besser gewesen, dann hätte es diesen teuflischen Tanz von Hoffnung und Enttäuschung nicht gegeben.

15

VERÄNDERUNG

Der Wunsch nach Veränderung allein genügt nicht. Unser Innerstes muss bereit dazu sein, jeden Schmerz, jeden Verlust, jede Erfahrung vollständig zu bejahen.
Nur das Ja zu dem, was war und dem, was ist, löst den inneren Widerstand und beendet den Kampf in uns selbst.

An einem grauen Montagmorgen rufst du an.

Aufgeregt erzählst du mir, dass du ein Engagement in dem kleinen Theater hast, wo sie dich vor Jahren rausgeworfen haben, weil du bei der Premiere sturzbesoffen warst und in den Zuschauerraum gekotzt hast. Jetzt haben sie dir die Hauptrolle in einem Stück angeboten.

„Der Intendant meint, jeder hat eine zweite Chance verdient", lachst du euphorisch.

„Ich krieg das hin, Liebchen".

Ich frage dich, ob du dann mit dem Trinken aufhörst.

„Ich trinke nicht während der Arbeit. Aber es macht keinen Sinn, jetzt damit aufzuhören, ich mach eh einen Entzug."

„Einen Entzug?"

„Ja, mein Liebchen. Ich gehe in die Klinik. Ich tu das für dich, weil ich dich liebe. Du darfst aber dann auch nichts mehr trinken, kein Glas in meiner Gegenwart, weil die Reha sonst nichts bringt."

Du machst dein Nüchternsein von mir abhängig, denke ich.

Ich sage: „Ja, das mache ich."

„Gut, Kleinstes, dann ist es gut", verabschiedest du dich.

Ein Entzug. Woher kommt diese plötzliche Wandlung? Ich bekomme Angst. Mir schießt der Gedanke in den Kopf, dass du dort eine Andere kennenlernst und dich in sie verliebst. So war es vor Jahren, als du einen Entzug gemacht hast. In der Klinik hast du dich verliebt, obwohl draußen eine Frau auf dich gewartet hat.

Ich vertraue dir nicht. Jetzt wo etwas Neues beginnen könnte, vertraue ich dir nicht mehr.

„Hör auf damit!", sagst du, als ich dich noch mal anrufe und dir sage, was ich befürchte.

„Ich liebe dich. Ich will mit dir sein, darum mache ich das, für uns."

Deine Worte beruhigen mich nicht. Ich weiß, wie schnell die Dinge sich verändern können, wenn wir Orte wechseln, wenn wir Vertrautes verlassen und Neues erleben, wenn wir Abstand haben. Alles verändert sich, immer.

Ich habe Angst vor Veränderung. Dabei weiß ich: Während wir auf Sicherheit und Beständigkeit hoffen, geschieht in jeder Sekunde Veränderung. Was sie so bedrohlich macht, ist, dass sie uns immer wieder die Fragilität unserer vermeintlichen Sicherheit beweist. Das Leben ist unzuverlässig und wechselhaft, Menschen sind unzuverlässig und wechselhaft. Alles, alles geht vorüber. Das mit uns geht vorüber.

16

MÜDE

Wie oft kommt es vor,
dass man das eigene Ich hintanstellt,
weil man es versäumt hat, einem anderen Ich
einen Riegel vorzuschieben,
aus Angst eine Tür zu schließen.

Ich belüge mich. Ich betrüge mich. Ich hafte weiter an diesem Drama. Ich giere nach dieser giftigen Intensität. Ich stecke fest in unserer Hölle, in der ich nichts tun kann, außer dabei zuzusehen, wie du langsam in ihr verbrennst und ich mit dir. Diese Hölle, in die ich mit dir gegangen bin, weil ich glaubte, mit dir der Hölle meines Traumas zu entkommen. Nach Hause wollte ich. Du warst mein Zuhause.

Hätte ich dich doch gelassen, den Kontakt abgebrochen, auch am Telefon. Aber etwas in mir braucht das Drama. So viel Verlangen, so viel Sehnsucht, so viel Trauer, so viel Schmerz, so viel Angst, so viel Wut, so viel Frustration. Besser als Nichts. Besser als dieses Nichts in mir.

Drama hat Suchtpotenzial. Es sorgt dafür, dass wir förmlich mit Adrenalin und Endorphinen überflutet sind, und das Gehirn wird, je öfter wir dramatisieren, nach diesem Kick süchtig. Wir kreieren Dramen, weil unser Gehirn süchtig nach diesem Endorphin-Kick strebt. Auch wenn wir uns dessen bewusst sind, dass unsere Dramen uns schaden, können wir nicht einfach damit aufhören. Die Dramen, die wir inszenieren, sind meist unfreiwillig. Wir agieren aus, was wir nicht anders ausagieren können, weil uns die Mittel fehlen, um das, was wir beweisen, rechtfertigen, haben wollen, auf gesunde Weise angemessen auszudrücken und zu äußern. Weil wir nicht gelernt haben, gesund damit umzugehen, weil wir uns nicht die Mühe machen, all den dunklen Kram, der uns leiden macht, anzuschauen und versäumen, uns an die Arbeit machen, um zur Katharsis zu gelangen. Gefangen im Drama fehlt das Bewusstsein über das, was wir da tun, weil uns das Programm nicht bewusst ist, das automatisch abläuft. Es reißt uns mit sich, wir können uns selbst nicht stoppen, wir haben keine Handhabe, um uns zu regulieren. Unser Bewusstsein wird überflutet von all den unbewussten Emotionen und Erfahrungen, die sich anders keinen Ausdruck verschaffen können. Und es besteht nicht die geringste Chance, das Drama zu beenden, bis es ausagiert ist. Danach fühlen wir uns erschöpft. Erst einmal. Der Druck ist raus. Aber es dauert nicht lange und wir fühlen uns mies. Wir sind aus der Endorphine-Trance aufgewacht und dürfen uns den Scherbenhaufen auf der Bühne anschauen. Vielleicht tut es uns leid, nutzt nichts, das nächste Drama kommt sicher. Drama ist Abwehr. Abwehr von all dem, was wir nicht anschauen wollen, von all dem Kram, den wir verdrängt haben und all dem, was wir vermeiden, aufzuarbeiten. Drama ist das, was wir inszenieren, wenn wir in Trance sind, während wir wach sind. Es gibt Menschen, die ihre Dramen ein Leben lang aufführen, manche sogar täglich in kleinen szenischen Sequenzen und meinen, das sei Leben.

So ein Mensch bin ich.

Ich bin müde von mir. Ich bin müde von uns.

Zu viel von Allem. Zu viel von deinem Zuviel, das sich zu meinem Zuviel legt. Ein kräftezehrender Kampf zwischen zwei Menschen, die sich nichts mehr wünschen, als dass der andere versteht, mitfühlt, beruhigt, annimmt, heilt, was weh tut. Wir wollten glücklich sein. Wir sind noch unglücklicher geworden an uns.

Und jetzt? Jetzt kommst du wieder nach so langer Zeit. Am Abend rufst du an.

„Ich komme morgen. Wir haben zwei Tage. Am Montag gehe ich in die Klinik. Übrigens, ich habe seit vier Tagen keinen Schluck mehr getrunken", sagst du stolz.

Wieso geht das auf einmal? Wieso ging das nicht ein einziges Mal, wenn wir zusammen waren? Wieso ging es nicht, als du hier den Job hattest? Den Job, den du angenommen hattest, damit wir zusammenleben können, damit unsere Fernbeziehung ein Ende hat. Den Job in dem kleinen Café, den du schon am ersten Abend mit Bier und Wodka gefeiert hast. Den du am zweiten Tag nicht mehr angetreten bist, weil ich dich rausgeworfen habe, weil ich die Vergeblichkeit einsah, weil mir klar war, dass du es niemals auf die Reihe bekommst mit dem Suff. Kaputt, alles kaputt.

Sucht tötet langsam, aber gründlich. Sie tötet alles. Wir leiden durch die Sucht eines Menschen, den wir lieben. Wir werden manipuliert und belogen und wir manipulieren und belügen uns selbst. Wir fühlen uns um unsere Liebe betrogen, weil wir glauben, dass wir es nicht wert sind, dass der Süchtige seine Sucht stoppt.

Er ist es sich selbst nicht wert. Und wir sind es uns selbst nicht wert, zu gehen.

17

UNBERECHENBAR

Ich will, dass es aufhört.

Freitagmorgen. Am Sonntag kommst du. Wir telefonieren.

Es bricht aus dir heraus: „Ich kann mir mein Leben ohne Alkohol nicht vorstellen. Warum soll ich in die Klinik? Ich mache das eh nur wegen dir."

„Du musst das nicht meinetwegen machen. Es ist deine Entscheidung. Ich verstehe dich ja. Wenn ich ehrlich bin, kann ich mir ein Leben ohne ab und zu ein Glas Wein am Abend auch nicht vorstellen", sage ich.

„Das musst du dann aber lassen", sagst du.

Ich muss, immer dieses Müssen um deinetwillen. Ich habe genug davon, dass sich alles um dich dreht, aber das sage ich dir nicht.

Du wirst kein anderer Mensch nach sechs Wochen Entzug. Du wirst dich weiter von den Anforderungen des Lebens überfordert fühlen. Du wirst Herausforderungen weiter auf ein Mindestmaß beschränken. Du wirst nicht plötzlich einen gut bezahlten Job als Schauspieler finden. Du wirst weiter Ängste haben und Schwierigkeiten, die ein normales Leben unmöglich machen.

Will ich dich normal haben?

Dr. Breuer meinte einmal, ich könnte es mit einem normalen Mann nicht aushalten. Ich würde mich langweilen. Er hat Recht. Ich brauche Intensität, um mich lebendig zu fühlen. Ich bin doch auch die, die es im Griff hat. Die mit der Disziplin. Auch wenn mein Lebensstil eine ständige Herausforderung ist, ich schaffe es trotzdem, die Dinge zu bewältigen. Bis auf das Alleinleben, darin bin ich grottenschlecht.

Ich gebe dir die Aufsicht über meinen Zuneigungshunger. Du gibst mir die Aufmerksamkeit, die mir als Kind fehlte. Ich denke, wenn ich dich mit ganz viel Liebe und Fürsorge überschütte, bringe ich die Schieflage meiner Kindheit wieder ins Gleichgewicht, mich ins Gleichgewicht. Ich überschütte dich mit meiner bedürftigen Liebe und du genießt es. Es schmeichelt dir. Ich gebe dir das Gefühl etwas Besonderes zu sein. Ich gebe dir einen Platz, an dem du dich geborgen fühlst. Erleichterung bei dir, dass du endlich die fürsorgliche Mutter gefunden hast, die du nicht hattest. Du tust mir leid. Wegen deiner traurigen Kindheit, deiner Verluste, deinem Schmerz.

Du, immer nur du.

Der kleine Junge, der ausrastet und sich dann wieder beruhigen lässt.

Du, nach dessen Pfeife ich tanze.

Weigere ich mich, werde ich mit tagelanger Ignoranz abgestraft. Du, der macht, was er will und sich nichts sagen lässt, auch wenn sein Wille ihn langsam umbringt.

Du, der nur für sich selbst da ist.

Du, der nicht das geringste Interesse daran hat, etwas für andere zu tun.

Und wenn ich ganz unten bin, sagst du, dass du auch ganz unten bist und mich jetzt brauchst. Es interessiert dich nicht, ob ich dich brauche. Das Einzige, was zählt, ist was du brauchst. Auf dich kann ich mich nicht verlassen, aber wehe, du kannst dich auf mich nicht verlassen, dann bestrafst du mich und entziehst dich mir.

Ich muss mich vor dir nicht fürchten, auf gewisse Weise bist du für mich berechenbar. Das Berechenbare inmitten all der Unberechenbarkeit des Lebens, eine stabile Größe in einer Instabilität, die mir widersinnigerweise Halt zu geben scheint. In der Berechenbarkeit unseres Dramas finde ich paradoxerweise ein Gefühl von Sicherheit. Es gibt eine Antwort auf mich, egal wie sie ausfällt. Solange ich mich auf dich beziehen kann, bin ich von mir selbst abgelenkt. Lieber dieser Horror als der Horror, der sich in mir selbst abspielt.

Du bist süchtig nach Alkohol. Ich bin süchtig nach Liebe. Sucht macht den Schmerz erträglich.

Ich will Erleichterung. Ich weiß, dass das, was ich für Liebe gehalten habe, nicht Liebe ist. Ich leide an der Sucht, geliebt und gebraucht zu werden, die zur Abhängigkeit von einem Menschen geführt hat, der nicht fähig ist, sich mir emotional zuzuwenden, weil er selbst ein Trauma hat. All das habe ich begriffen. Warum kann ich nicht loslassen? Warum kann ich nicht sagen, Adieu, danke für die schöne Zeit, mein Liebster, jetzt ist es nicht mehr schön.

Als Kind habe ich um die Liebe meines Vaters gekämpft. Es war vergebens. Seine Liebe gab es nicht. Nicht einmal sein Wohlwollen war selbstverständlich. Es war an Bedingungen geknüpft und ich kämpfte einen aussichtslosen Kampf um seine Zuneigung. Wieder kämpfe ich um einen Mann, der emotional unerreichbar ist. Der mit sich selbst so beschäftigt ist, dass es nur einen kleinen Platz in seinem Leben für mich gibt.

So klein wie der Platz im Leben meines Vaters. Ein Abstellraum.

Aus der Erfahrung mit meinem unerreichbaren Vater ist eine innere Überzeugung geworden, sie lautet: Ich bin nicht liebenswert. Eine Überzeugung, die nur ein Ziel hat: endlich das zu bekommen, was ich mir als kleines Mädchen so sehr gewünscht habe.

Ich wollte dich heilen, um selbst heil zu werden. Ich habe mich angestrengt, um endlich den liebevollen Mann zu bekommen, den ich mir wünsche. Dafür bin ich bereit zu leiden.

Ich habe über all die Jahre um deine Liebe gekämpft, gebettelt, gebeten. Ich habe gehofft und ich habe gewartet. Tausend Mal habe ich mich gefragt:

„Warum liebt er mich nicht genug, warum bedeute ich ihm nicht so viel wie er mir, warum interessiert er sich nicht wirklich für mich, warum sind immer die anderen wichtiger als ich? Warum hört er nicht auf zu trinken, warum bin ich es nicht wert, sein Leben zu ändern, damit wir endlich zusammen sein können, für immer?"

Törichte Paula! Du weißt doch warum: Er kann es nicht, weil er süchtig ist und kaputt. So kaputt wie du.

Gedanklich um dich kreisen, mich weigern zu lernen, dass ich für mein Glück selbst verantwortlich bin. Aufhören wegzulaufen vor meiner inneren Leere, meiner Einsamkeit und meiner Angst, ohne Liebe zugrunde gehen zu müssen. Das sind die Gefühle und die Ängste der kleinen Paula.

Die kleine Paula liebt den kleinen Vincent in der verzweifelten Hoffnung, dass er ihr den Schmerz endlich nehmen wird. Aber es funktioniert nicht, mit meiner inneren Leere losziehen, um nach Fülle zu suchen. Dann finde ich nichts als noch mehr Leere. Meine süchtige Liebe zu dir macht mich leerer als leer. Und die kleine Paula träumt weiter. Sie will immer noch die Vaterwunde heilen, sie will ein einziges Mal genug sein. Dieses ungeliebte, bedürftige, einsame, verlassene, ängstliche Kind will nicht wieder verlassen werden. Arme kleine Paula. Sie füttert meine Sucht und hält sie aufrecht. Bloß nicht nüchtern sein, bloß nicht aushalten müssen, was unaushaltbar scheint. Vincent, der Schmerztöter für Paulas Schmerz. Anstatt ihn zu lindern, füge ich mir selbst immer mehr Schmerz zu. Ich habe in der Wunde gebohrt. Je mehr ich um dich gekämpft habe, desto mehr ist sie aufgerissen.

Du bist zehn Jahre jünger als ich. Du wirst mir die Hand halten, wenn ich vor dir sterbe, dachte ich. Der Gedanke beruhigte mich. Wahr ist, ich fühle mich längst einsam an deiner Seite. Ist es nicht besser, allein einsam zu sein als zu zweit, weil dann diese Sehnsucht aufhört, die unerfüllt auf mich zurückklatscht wie eine Ohrfeige? Wie viele dieser Ohrfeigen will ich mir noch einfangen? Wann entscheide ich mich gegen dich und für mich? Ich kann nicht. Ich will zweisam sein.

So viel Raum. Ein großer leerer Raum, der sich auftut und mein Leben und mich selbst auf den Prüfstand stellt. Raum, an dessen Wänden sich alle verdrängten Schatten aufbäumen und wild tanzen. Erinnerungen, Ungelöstes, nicht Wiedergutzumachendes, Verlorenes. Ein endloser Reigen. Und immer wieder Abstand nehmen, um im Wirbel der Gedanken Klarheit zu finden. Glauben, sie gefunden zu haben und sie wieder verlieren. „Wir müssen ein Leben sterben, ehe wir ein anderes beginnen können", schreibt Anatole France.

18

ZERSTÖREN

Zerstörung geschieht aus Angst.
Wer in der Angst ist, ist nicht in der Liebe.
Nicht in der Liebe zu sich selbst
und nicht in der Liebe zu anderen.

Menschen bauen auf und zerstören.
Es ist ein Trieb, auch so sind wir angelegt. Und manchmal zerstören
wir aufgrund unserer unbewussten Überzeugungen das Gute. Aber
wir sind auch so angelegt, dass wir uns das Unbewusste bis zu einem
gewissen Grad bewusst machen können. Wir haben einen Verstand
und wir besitzen die Fähigkeit zur Wahl. Wir können wählen, wie
wir mit dem was ist, umgehen wollen. Entscheidend ist die Bereit-
schaft, uns nicht ohnmächtig einem Schicksal unterzuordnen, von dem
wir glauben, es sei für uns so bestimmt oder weil wir glauben, es nicht
besser verdient zu haben.
Vielleicht ist es ja der Plan, dass wir aus all den schicksalhaften
Geschehnissen lernen, dass wir gerade durch sie aufgefordert sind, un-
ser Schicksal zu wandeln. Ein Mensch, bei dem alles glatt läuft, des-
sen Leben kaum Höhen und Tiefen hat, wird sein Schicksal nicht
wandeln wollen. Jeder aber, dem das Leben Schweres auferlegt, steht
vor der Herausforderung, das Schwere zu wandeln. Wenn er es nicht
versucht, verliert die Weltenseele das Interesse. Wir können wählen,
ob wir das, was uns gegeben ist, annehmen, und was wir daraus ma-
chen. Wenn wir glauben, keine Wahl zu haben, fühlen wir uns hilflos
und ausgeliefert. Wenn wir glauben, es nicht verdient zu haben, dass

uns Gutes und Schönes widerfährt, werden wir es nicht einmal erken-
nen, wenn es direkt vor uns steht.

Vincent, du siehst nicht, was du hast. Was du trotz deiner Angst, die dich quält, auch hast. Die Menschen, die dich lieben. Die für dich da sind, die dir immer wieder aufhelfen, wenn du fällst, die dir einen Job geben, obwohl sie wissen, dass du trinkst und trotzdem an dich glauben.

Vincent, du stehst noch.

Aber du stehst nicht für dich ein, du vernichtest dich selbst. Ob der Entzug daran etwas ändert, wage ich zu bezweifeln. Etwas in dir will dich zerstören.

Ist es dieser verletzte Junge, der der Mutter, die ihn verlassen hat, trotzig beweisen will, dass sie seine Seele zerstört hat? Will dieser wütende, verzweifelte, einsame Junge sie bestrafen für ihre Schuld, indem er sich selbst kaputt macht?

Schau Mama, was du mir angetan hast! Siehst du, wie ich leide? Vater, siehst du, wie mich deine Trunksucht zerstört hat?

Mama, Papa, macht es wieder gut!

Sie haben es nicht gut gemacht, sie konnten es nicht gut machen, sie werden es nicht mehr gut machen. Sie sind längst tot. Du lässt sie nicht in Frieden ruhen. Du klebst wie ich an einem Wiedergutmachungswunsch, der sich niemals erfüllen wird. Sie sollen endlich gutmachen, was sie uns angetan haben.

Wir sind beherrscht von diesem Elternschatten. Wir betrügen uns selbst, um uns die Illusionen nicht zu nehmen, wie gut sie trotz allem waren, auch wenn wir in der hintersten Ecke unseres Bewusstseins wissen, dass unser Bild nur ein Wunschbild ist, das sich auflöst wie eine Fata Morgana, sobald wir nur im Geringsten daran kratzen. Was nützt uns ein Wunschbild, das der Realität nicht entspricht? Was nützt uns das, wenn alles weh tut und des Lebens einzige Sehnsucht darin besteht, endlich die Liebe zu bekommen, die man uns nicht geben konnte. Vincent, sie konnten es nicht. Sie konnten es einfach nicht.

Das Werden dessen, der ich bin, bedeutet auch, mir darüber klar zu werden, wessen Kind ich bin. Mir Klarheit darüber zu verschaffen, was meine Kindheit geprägt und was sie überschattet hat. Der Elternschatten beherrscht mich so lange, wie ich mich davor fürchte, ihn ins Licht zu holen.

Sich die Eltern gutdenken wollen, macht sie und mich nicht besser. Aber das gute Denken erscheint mir ungefährlicher, weil es mich nicht mit meinem Schmerz konfrontiert. Das ist Verdrängung, die mich schützen will. Wenn ich es wage, das Ungute der Eltern zu sehen, dann fühle ich Schuld, dann fühle ich Scham, weil ich sie als gutes Kind lieben und ehren und nicht verurteilen oder hassen soll. Ein gutes Kind muss lieb sein.

Wach auf, Vincent! Wach auf, Paula!

Wenn ihr aufwacht, werdet ihr wach für euch selbst und den Teil in euch, der euch geprägt, beeinflusst und geformt hat.

Wenn wir wach sind, erkennen wir die Schuld, die nicht die unsere ist und erst zu unserer geworden ist, weil wir uns nicht gereinigt haben von dem, was uns vergiftet hat. Erst wenn wir das tun, hören wir auf, uns selbst zu zerstören. Wir wollen dann nicht mehr, dass sie endlich begreifen, was sie getan haben. Sie begreifen es nicht. Sie spüren es nicht. Niemals, egal ob sie tot sind oder lebendig.

Hörst du, Vincent, sie spüren es nicht! Sch, sch …

Lass uns uns selbst spüren.

Ich muss zerstören, was ich für unantastbar halte, um unter all den Fragmenten, die diese Zerstörung nach sich ziehen, die Teile zu erkennen, die nicht die meinen sind, um ich selbst zu werden. Ich muss differenzieren.

Das bedeutet Abgrenzung und Loslösung mit dem Ziel, zu mehr Selbstbestimmung zu gelangen, mehr zur eigenen Mitte hinzubalancieren, um Selbstbewusstsein und Autonomie zu erreichen. Das Werden dessen, der ich bin, bedeutet nicht, ein Mensch zu sein, der keine Probleme mehr hat – es bedeutet ein Mensch zu sein, der sich mehr und mehr allen Teilen seiner Persönlichkeit bewusst wird. Und dazu gehört auch herauszutreten aus dem Elternschatten, den ich verinnerlicht habe, damals als Kind, da ich keine andere Wahl hatte. Vincent, wir müssen Abschied nehmen von den Eltern. Wenn wir das nicht schaffen, gehen wir in der Dunkelheit unserer Kindheit unter. Ich spüre, ich muss den Weg alleine gehen.

19

KOMMEN UND GEHEN

Das Leben straft uns nicht ab, weil wir etwas versäumt haben,
es nimmt uns nichts,
was wir uns nicht schon längst selbst genommen haben.
Jedem Abschied, der uns wie von außen aufgezwungen erscheint,
ist längst ein innerer Abschied vorausgegangen.

Der Samstagmorgen überfällt mich mit der gleichen Angst, mit der ich am Abend eingeschlafen bin. Ich habe Angst vor dir, vor uns. Mit nervösen Händen schraube ich die Kaffeemaschine auf und fülle Espressopulver hinein. Ich zünde mir eine Zigarette an, setze mich an den Küchentisch und wähle deine Nummer.

Kein „Guten Morgen". Stattdessen ein kaum verständliches: „Bin müde, mag nicht sprechen."

Mit einem „Okay" lege ich auf. Wieder weist du mich zurück. Wieder fühle ich mich wie das Kind, das weggestoßen wird. Ich will nicht mehr, dass du zu mir kommst. Es ist besser, wir sehen uns nicht mehr. Es wird nur wieder eine Enttäuschung. Ich bin wie jemand, der jeden Tag zum Bäcker geht und nach Rosen verlangt und nicht kapieren will, dass er im falschen Laden ist. Bin ich blöd?

Nein, ich bin besessen von dem Gedanken, ohne dich nicht leben zu können. Wenn ich mir ein Leben ohne dich vorstelle, bin ich starr vor Angst. Vielleicht wäre meine Angst kleiner, wenn David nicht so weit weg wäre. Er fehlt mir. Mein Sohn ist meine Familie, ich habe sonst keine. Aber David hat sein Leben auf Kreta und ich habe kein Recht, ihm etwas abzuverlangen, damit ich mich besser fühle.

Eine Stunde später meldest du dich.

„Wie geht es jetzt weiter?", frage ich dich.

„Die Antwort kommt jeden Tag", erwiderst du.

„Ich habe es satt, von dir zurückgewiesen zu werden", sage ich.

„Das bildest du dir ein", schnauzt du mich an.

Ich spüre deinen Frust. Ich spüre, wie gleichgültig dir meine Gefühle sind. Ich weiß, dass du nicht die geringste Lust hast, in die Klinik zu gehen. Ich spüre, wie es in dir brodelt. Die Schuld, die du mir zuweist, weil du es ja nur für mich tust, kriecht nach oben und packt mich im Würgegriff. Ich will den auflegen, den Flugmodus einschalten und nichts mehr von dir hören.

„Hör doch mal mit deiner Hysterie auf", fährst du mich an. „Du machst aus allem ein Drama."

Ich habe deine Sprüche satt. Ich fühle, was ich fühle. Ich lasse nicht mehr zu, dass du meine Wahrnehmung verdrehst. Übergangslos erzählst du von deinem netten Abend bei Viola. Von der Journalistin und ihrem Mann, dem bekannten Liedermacher, von dem ich noch nie gehört habe, und dass er sich für dich interessiert hat. Ich sehe dein charmantes Lächeln vor mir, die Maske des tollen Schauspielers, die selbstherrlichen Gesten, wenn man dir schmeichelt. Ich habe große Lust, dir in die Fresse zu hauen. Dein Charme war es, auf den ich reingefallen bin. Du hast wirklich schauspielerisches Talent.

Ich habe dich satt. Ich habe uns satt. Ich habe mich satt. Ich habe sie satt, die Spirale von Nähe und Distanz, von

Anklagen und Schuldzuweisungen, von Streit und Versöhnung, von Hoffen und Resignieren. Ich habe alles so satt und laufe dir noch immer hinterher wie das Hündchen, das nur zaghaft die Zähne fletscht und nicht den Mut hat zuzubeißen, weil es Angst hat, kein Leckerli mehr zu bekommen. Du lässt mich hungern. Du provozierst mich. Wenn das Hündchen zubeißen will, wirfst du ihm ein Leckerli hin, um ihm das Maul zu stopfen. Das alte Spiel beginnt von vorne. Eine weitere Szene des flachen Dramas, das den Zuschauern nur noch ein müdes Gähnen entlocken würde. Kaum bist du dir meiner wieder sicher, dauert es nicht lange und das Spiel beginnt von vorn. Du entziehst dich, du reagierst nicht auf meine Anrufe, du liest meine Nachrichten, du antwortest nicht. All die Jahre war es so. Du weißt, dass mir das Angst macht. Du weißt, was deine Ignoranz mit mir macht. Ich habe es dir hunderte Male gesagt. Ich habe mich vor dir entblößt, dir meine verwundbaren Stellen gezeigt. Du traktierst sie.

Warum tust du das? Du tust es, weil ich dir Macht über mich gebe. Du tust es, weil ich es dir erlaube.

„Also, ich komme morgen", sagst du, „beruhige dich mal wieder."

„Ich beruhige mich nicht. Ich koche vor Wut", sage ich.

„Das ist dein Problem", antwortest du und legst auf.

Ich wache viel zu früh auf. Ich öffne das Fenster. Der Himmel ist grau. Die Luft, die ins Zimmer strömt, ist schwer und dunstig. Der Sommer kriecht in klebriger Schwüle vor sich hin. Ich bin immer noch wütend. Ich muss einkaufen gehen. Ich habe keine Lust, einzukaufen und keine Lust, dich zu sehen. Ich verspreche mir, dass dies das letzte Mal sein wird. Die Dinge lassen sich nicht wieder ins Lot bringen.

Ich ziehe trotzdem los. Es beginnt zu regnen. Die Luft riecht faulig.

Ich gehe den ganzen Weg in die Stadt zu Fuß, obwohl ich immer noch eine Blasenentzündung habe, die ich seit zwei Wochen nicht loswerde. Gut, denke ich, dann kannst du keinen Sex mit ihm haben. Zerstören, hämmert es in meinem Kopf. Du musst es zerstören, das Gefühl, das da noch ist.

Die Fußgängerzone ist trotz des miesen Wetters brechend voll. Ich gehe in die Buchhandlung und kaufe zwei Bücher. Ich lese wieder mehr. Es ist besser, als im Bett Filme zu glotzen und mich berieseln zu lassen.

Mein Telefon klingelt.

„Was gibt es?", frage ich gereizt.

„Nur so", antwortest du, „Stimme hören."

Ich will deine Stimme nicht hören.

Ich frage dich, was du essen willst, morgen, wenn du kommst. Ich sage, ich würde gern essen gehen.

„Nein", kommt es wie aus der Pistole geschossen, „das geht nicht, ich kann doch nichts trinken."

„Also", wiederhole ich, „was soll ich kochen?"

„Mir egal", sagst du.

„Okay", sage ich, „ich überlege mir was."

Mir ist es auch egal.

„Ich bin kaputt vom Putzen", stöhnst du ins Telefon. „Ich bin so müde, dass ich im Stehen einschlafen könnte."

Du bist immer müde, wenn du etwas tun sollst. Ich überlege, ob ich sagen soll, wirf das Bahnticket ins Klo, das war es mit uns. Ich sage es nicht.

Überhaupt, ich müsste zuhause sein und literweise Blasentee trinken, um die Bakterien auszuspülen, stattdessen laufe ich durch die Stadt, um für uns einzukaufen. Den Tränen nahe setze ich mich in das kleine Café neben der

Buchhandlung. Ich bestelle einen Cappuccino. Mir etwas Gutes tun, von dem ich weiß, dass es nichts nützt. Mir geht es nicht gut. Mein Herz rast los. Ich versuche ruhig zu atmen. Die Angst interessiert das nicht. Sie kriecht nach oben. Ich atme ein und zähle bis vier. Ich halte den Atem an und zähle bis acht. Ich atme. Mein Herz rast weiter.

Wie eine Kopie meiner selbst sitze ich im Nieselregen unter einem Sonnenschirm und beobachte die Leute, die vorübergehen. Kein einziges Gesicht, in das ich länger blicken möchte. Kein Mensch, mit dem ich gerne ein Gespräch beginnen würde. Ich frage mich, ob ich dich, würde ich dich nicht kennen, wahrnehmen würde.

Ich erinnere mich an die tiefen Gespräche, die wir am Anfang hatten.

Du hast die gleichen Bücher gelesen wie ich, du kennst die Philosophen, die ich mag und ich kenne die Autoren und Regisseure, die du bewunderst. Wir haben so viel, was uns verbindet. Wir haben einander verstanden, auch ohne Worte. Und nie habe ich mich mit dir auch nur einen Moment gelangweilt. Die Erinnerung malt schöne Bilder. Sie tun weh. Unsere Gegenwart hat nichts mehr mit unserem Gestern zu tun. Irgendwann war alles weg. Ersoffen im Alkohol.

Am Tisch neben mir sitzt ein Paar, das sich laut streitet. Ich denke, dass ich das nicht mehr brauche und dass es besser ist, allein im Café zu sitzen. Ich will nach Hause.

Ich nehme den Bus.

Ich gehe in den Supermarkt an der Ecke und kaufe Hühnchen, Zitronen, Salat und Reis. Zu Hause packe ich die Einkäufe aus und lege sie auf den Tisch. Am liebsten würde ich alles aus dem Fenster werfen, die Möbel zerhacken, den Koffer packen und zu David fliegen. Weg, weg von dir, von mir, von uns.

Ich mache Musik an. Ich räume die Lebensmittel in den Kühlschrank. Ich spüle das Frühstücksgeschirr ab. Ich setze mich an den PC und schreibe.

Wenn ich schreibe, sind meine Hände und mein Kopf beschäftigt. Dabei trinke ich gefühlt drei Liter Blasentee. Dementsprechend oft muss ich aufs Klo. Ich bin genervt. Ich bin unruhig. Ich bin traurig. Ich bin wütend. Ich atme ein, aus, ein, aus. Es hilft nichts. Was jetzt ist, lässt sich nicht wegatmen. Es ist vorbei und ich weiß es.

Wer war ich, bevor ich dich traf? War ich so ein Nervenbündel, so außer mir, so zerrissen, so unglücklich, so krank? Was im Geist geschieht, manifestiert sich im Körper. Mein Geist ist vergiftet. Meine Blase weint.

20

TRAUER

Trauer, das Tor in den Schmerz, die Angst, die Wut,
die Ohnmacht.
Untröstliche Traurigkeit als Prädisposition zur Verzweiflung.
Trauer, die psychische Repräsentation eines erlittenen Verlustes.
Der Rhythmus des Lebens bricht zusammen.
Der an seinem Schmerz Leidende verlangsamt im Handeln,
im Denken.
Das Schweigen ist lang.
Stillstand ob des Bruchs, der das Gestern vom Heute
mit einem radikalen Schnitt trennt.
Leere.
Ist der Sinn durch den Verlust gebrochen, ist das Leben in Gefahr.
Das notwendige Objekt ist verloren.
Das Ich hat überlebt. Zerfällt in Stücke.
Verlassen, aber nicht getrennt von dem, der es noch immer nährt.
Das Ich nimmt es, um es nicht zu verlieren, in sich auf.
Macht sich zu eigen, was nicht Eigenes ist.
Dementiert so den Verlust.
Untröstbar verschmolzen in Zweisamkeit mit dem,
was nicht mehr ist, gleitet es in Schwermut.
Es gelingt nicht, Trennung zu erzeugen.
Zusammenbruch.
Lebensverneinende Depression.
Das Ich löst sich auf.
Beleidigt vom Tod des Objekts
muss es sich in seiner Wut auf das Verlassenwordensein
selbst zerstören.

Ich habe dich auf Facebook kennengelernt. Ich bekam deine Nachricht an einem Abend im Februar. Du bist gleich mit der Tür ins Haus gefallen. Der Türöffner war der Tod deiner Freundin Lea. Du hast mir deine Trauer angetragen. Du hast meinen wunden Punkt getroffen. Hier war ich berührbar, weil ich auch traurig war. Meine Beziehung mit Theo war gescheitert, und David war gerade nach Kreta gezogen. Ich hatte meinen Sohn verabschiedet.

Während ich den Namen Lea schreibe, läuft mir ein kalter Schauer über den Rücken. Lea, die Heilige, die ganz oben auf dem Sockel steht, die immer für dich da war, die fünfzehn Jahre älter war als du, die du kennenlerntest, als du gerade mal dreiundzwanzig warst, die du geliebt hast wie keine andere zuvor und keine nach ihr. Lea, die Beste, der Herzmensch. Sie hat dich verlassen für einen anderen, weil ihr deine Sauferei unerträglich wurde. Wirklich losgelassen hat sie dich nicht. Sie hat den Kontakt gehalten, dich weiter unterstützt, den kleinen Jungen, der allein nichts auf die Reihe bekommt, ihm geholfen, wenn er in Schwierigkeiten war. Lea sei deine Seelenverwandte, hast du gesagt. Immerzu hast du von ihr gesprochen. In jedem Telefonat, das wir anfangs führten. Nächtelang ging es um Lea.

Später, als du bei mir warst, hast du geweint, mir immer wieder gesagt, wie sehr der Verlust dir zusetzt. Ihr Tod sei der Grund, weshalb du wieder angefangen hast zu trinken.

„Leas Tod macht mein Leben sinnlos", hast du gesagt.

Unser Anfang war Lea.

Lea, die dein ganzes Sein einnahm. Lea, deren Fotos noch immer an den Wänden, auf den Regalen, auf dem Küchenschrank in deiner Wohnung stehen. Du hast diesen Altar in all den Jahren niemals abgebaut. Du betest ihn an. Lea stand zwischen uns wie eine Klagemauer, an der alles, was ich dir gab, abprallte. Anfangs hast du mich erbarmt in deinem untröstlichen Schmerz. Geduldig habe ich mir dein Weinen angehört, dein Schreien nach Lea, die so grausam war, zu sterben und dich allein zu lassen. Vincent, den kleinen Jungen mit den Schlaghosen, der auf dem Schrank sitzt, während der besoffene Vater am Küchentisch einschläft. Ich habe dich in den Arm genommen, dir über den Kopf gestreichelt, um dich zu beruhigen. Ich spürte, dass es Trost in deiner Klage nicht geben durfte. Dein Schmerz riss dich ins Numinose, hin zu einer Toten, die dich in ihrem Testament nicht bedacht hat. Das hast du ihr nachgetragen, dass sie über den Tod hinaus nicht für dich da war. Ich dachte, irgendwann hört das auf. Trauer hat ihre Zeit, aber ich begriff, das ist keine normale Trauer. Es ist die Trauer eines Narzissten, der sich selbst betrauert, weil man ihn ohne seine Erlaubnis verlassen hat.

Mit der Zeit erfuhr ich mehr über Lea. Als ich dich zum ersten Mal in München besuchte und Viola kennenlernte, meinte sie:

„Du erinnerst mich an Lea. Ein bisschen siehst du ihr sogar ähnlich."

Vincent, es ging nicht um mich. Du wolltest die Lücke füllen, die Leas Tod in dein Leben gerissen hatte. Ich wollte kein Ersatz für eine Tote sein. Ich war eifersüchtig, ich fühlte mich nicht gesehen. Du hast mir versichert, du würdest mich nicht vergleichen und ich sei schon gar kein Ersatz, so einen wundervollen Menschen könne niemand ersetzen. Deine Worte rammten mir ein Messer ins Herz. Du hast immer wieder zugestochen. Hast du es mit Absicht getan oder warst du nur gedankenlos?

Mein Einsatz an Selbstverleugnung, an Gefühlen war schon immer zu hoch im Verhältnis zu den Krümelchen an

Zuwendung, die du mir hinwarfst. Du kannst mich nicht satt machen. Ich versuche einen leblosen Stein zum Schmelzen zu bringen, stattdessen zerfließe ich dabei.

Ich hasse es, traurig zu sein. Ich habe es satt, mich so zu fühlen. Ich funktioniere nicht mehr. Alles strengt mich an. Die kleinsten Aufgaben überfordern mich. Die Tage laufen an mir vorbei in der Hoffnung, dass sie schnell zu Ende gehen und ich endlich wieder für ein paar Stunden schlafen kann, um diesen nagenden Schmerz nicht zu spüren. Ich schäme mich für meine Schwäche. Ich weiß, dass ich das Falsche tue und kann nichts dagegen tun. Ich bin mir selbst unglaubwürdig. Ich finde keinen Weg, um mich aus dieser Abhängigkeit zu befreien. Ich fühle mich ohnmächtig.

Glaube ich wirklich, dass ich ohne dich nicht leben kann? Ich kann ohne dich leben, ich habe so lange ohne dich gelebt. Ich glaube nur nicht, dass mein Leben ohne dich besser wird. Ich sehe nur die Lücke, die dein Fehlen reißen wird. Das Loch, in das ich stürzen werde, und das macht mir mehr Angst als alles andere.

Eine schlechte Beziehung ist nicht besser als keine. Wenn ich gehe, eröffne ich in meinem Leben neue Möglichkeiten, versuche ich mir einzureden. Ich spüre, wie groß der Widerstand in mir ist. Du wirst allein bleiben, für immer, sagt eine Stimme in mir. Du weißt, wie das Alleinsein schmerzt. Die Einsamkeit schwillt an und bläht sich auf. Sie verdrängt alles, wird groß und fett und zerdrückt dich. Das wird dich umbringen. Diese verdammte Einsamkeit lässt sich nicht wegdenken, nicht zur Seite schieben. Mein Hunger nach Nähe ist plötzlich so groß, dass ich bereit bin, alles in Kauf zu nehmen.

21

FRUST

Paralysiert durch Frust ist ein Mensch,
der vor lauter Niederlagen und völlig desillusioniert
sämtliche Bemühungen, sich aus seiner Lage zu befreien, einstellt.
Er ist am Boden zerstört und gelähmt.
Er wird handlungsunfähig.
Frustration ist der Beginn der Kapitulation.
Ein Mensch, der kapituliert, verliert sich selbst.
Wenn wir glauben, keinerlei Handlungsoptionen mehr zu haben,
stecken wir mitten im Selbstverlust.

Sonntag früh. Es ist sechs Uhr. Ich bin schlagartig hellwach. Ich denke an das erste Mal, als ich dich am Bahnhof abgeholt habe. Ich fühlte mich leicht, erwartungsvoll, froh und dann, als ich dich sah, war ich vollkommen ausgefüllt vom Glück, das ich so lange nicht mehr gefühlt hatte. Vielleicht sollte ich mein vergangenes Glück festhalten, mich mit ihm an den Tisch setzen und es mir wieder und wieder ausmalen, lächeln und dankbar sein und das Glück dann zu meinen Erinnerungen legen, den guten.

Vielleicht sollte ich dich heute nicht abholen, dich einfach am Bahnhof stehen lassen. Du wirst warten, du wirst anrufen und ich werde nicht antworten. Du wirst es wieder und wieder versuchen, und ich werde nicht antworten. Du wirst es versuchen, solange bis du begreifst, dass ich dich nicht abholen werde. Du wirst dir eine Rückfahrkarte kaufen und nie mehr in meinem Leben auftauchen.

Paula, quit living on dreams!

Nein, Paula, du brauchst ihn!

Dumme Paula, dein Hunger nach Liebe braucht ihn.

Angespannt tigere ich in der Wohnung herum, räume auf und überziehe das Bett mit frischen weißen Laken. Dann lasse ich mir ein Bad ein. Ich liege im warmen Wasser. Ich schließe die Augen. Ich spüre deine Hände auf meinem Körper, die mich mit sanften Bewegungen einseifen. Ich spüre dich, spüre, wie wir ineinandersinken. Ich spüre die Lust, die mir das verschafft. Ich sehe deine Lust. Ich sehe dein lächelndes Gesicht beim Auseinandergleiten. Ich höre dein: „Ich liebe dich."

Heulend steige ich aus der Wanne, trockne mich ab und creme mich ein. Für dich. Ich male mir den Mund rot und die Lider dunkel. Für dich. Ich ziehe die enge schwarze Hose und die weiße Bluse an. Für dich. Ich suche meine schwarzen Stiefeletten. Ich finde sie nicht. Ich weine vor Wut über mich.

Ich bin spät dran. Ich will dich nicht sehen. Nie mehr. Lass mich endlich in Frieden, du machst mich kaputt. Ich muss los. Es ist spät. Ich ziehe die roten Schuhe an. Für mich. Ich renne zur Bushaltestelle. Ich drücke meine Hand gegen meinen Bauch. Mein Magen krampft. Erschöpft setze ich mich auf den freien Platz hinter dem Fahrer.

Ich sehe dich auf dem Bahnsteig, fühle mich hingezogen und abgestoßen gleichermaßen.

Als du mich küsst, ist da nur noch: Ich will dich.

Trotz der Blasenentzündung schlafe ich mit dir. Da ist sie wieder, die Geborgenheit, die du mir gibst, die tiefe

Vertrautheit, die sich anfühlt wie Heimkommen. Ich frage mich, ob du genauso fühlst. Dich frage ich nicht.

Einmal sagtest du, „Ich hatte so viele Frauen, aber so gern wie mit dir habe ich mit keiner geschlafen." Das war wie ein „Ich liebe dich" aus deinem Mund aus einer Zeit ganz am Anfang, als du es mir nicht mehr sagen konntest als ein: „Ich lieb dich." „Ich liebe dich", hast du nur gesagt, wenn du betrunken warst. Ich denke an die Nacht in deinem Bett in München, als wir miteinander geschlafen haben und du mich zum zweiten Mal gefragt hast, ob ich dich heiraten will. Ich sagte: Ja.

Waren wir das? Vincent, was ist aus unserem Wir geworden? Wer sind wir jetzt?

Du bist eingeschlafen. Wie oft habe ich so bei dir gelegen. Wach, deinem Atem lauschend. Manchmal glücklich, aber meistens traurig. Wie oft hast du die Tage verschlafen und ich blieb allein mit meinem Wunsch, rauszugehen und etwas zu unternehmen. Ins Kino zu gehen oder eine Ausstellung besuchen.

Du hast gesagt: „Ich will nur hier sein, bei dir, mit dir in diesem Bett in diesem Zimmer. Hier ist es still und friedlich."

Ich habe nicht begriffen, warum du so viel geschlafen hast, bis du es mir gesagt hast: „Wenn ich schlafe, ist Ruhe in meinem Kopf. Dann ist die Angst weg."

Jetzt fühlt sich dein Schlaf an wie eine Abkehr. Die Abkehr von uns. Ich starre auf dein Gesicht, das alt und verlebt aussieht. Ich starre auf deine Hände, die nervös im Schlaf zucken. Ich verlasse das Bett.

Um fünf Uhr am Nachmittag wachst du auf.

Ein lautes Gähnen kommt aus dem Schlafzimmer und dann: „Ich hab Saufdruck. Hast du wirklich keinen Wein irgendwo versteckt?"

„Ich habe dir versprochen, nichts zu trinken, wenn du da bist. Ich habe keinen Alkohol im Haus", antworte ich.

Laut gähnend schälst du dich aus den Laken und gehst ins Bad. Mit nassen Haaren kommst du in die Küche. Ich sehe die Wut in deinem Gesicht. Deine Hände zittern, als du dir eine Zigarette anzündest. Du gießt Ingwerwasser aus der Karaffe in ein Glas, hältst mir das Glas vors Gesicht: „Das ist doch kein Leben, Wasser trinken. Das macht doch keinen Spaß, das ist doch total langweilig."

Du bist nervös, fahrig, gereizt. Während du am Küchentisch sitzt und an deinem Handy herumspielst, bereite ich das Hühnchen zu. Ich spüre, wie die Angst in mir hochkriecht, dass du dir etwas zu trinken besorgen wirst am Kiosk an der Ecke, wie du es so oft getan hast. Hast gesagt „Ich brauche Kippen" und raus. Die Wodkafläschchen habe ich später unter der Kommode im Bad gefunden, die Bierflaschen hattest du in der Hand.

„Reg dich nicht auf, sind doch nur ein paar Bierchen. Mach nicht so ein Theater!"

Und der Abend war gelaufen.

Du gehst nicht raus. Ich bin erleichtert. Beim Essen reden wir über das Theater, über deinen Frust, der immer größer wird.

„Ich brauche ein festes Engagement, sonst ist alles wie vorher, wenn ich aus der Klinik komme", sagst du.

Ich höre dir zu.

Wann reden wir über mich, meine Wünsche, meine Träume?

Ich spüre deine Unruhe, spüre, wie dich Gefühle überfluten, mit denen du nicht umgehen kannst. Ich spüre deinen Saufdruck. Ich weiß, du brauchst deinen Stoff. Auf dass sich die unguten Gefühle im Alkohol auflösen mögen. Tun sie aber nicht. Gefühle lassen sich nicht wegsaufen. Gefühle bleiben so lange, bis wir sie annehmen.

Du redest vom Tod. Wie grausam der Tod ist, dass er alle Menschen holt, die dir etwas bedeuten. Dass er mich vor dir holen wird, weil ich älter bin als du. Deine Lea hat er ja auch geholt. Die Beste, die Liebste, deinen Engel. Du weinst. Die alte Leier. Du sagst, wie sehr du mich vermisst hast. Dass du immer nur mit mir sein willst.

„Du bist meine Frau."

Du sagst, dass du trinken musst, dass ich dich endlich lassen soll, dass du immer trinken wirst.

„Du weißt, dass der Entzug nichts bringen wird", sagst du.

„Ich weiß", antworte ich.

Die Stimmung kippt. Deine Worte werden sarkastisch, spöttisch, verächtlich, kränkend. Dieses Mal ist es mein Garten. Hässlich ist er, sagst du. Und die Mauern drum herum, nie hast du dich darin wohlgefühlt. Aber das reicht nicht, um mir weh zu tun. Dazu braucht es mehr. Das muss noch mehr wehtun. Weil es in dir wehtut, muss wehgetan werden, dem anderen. Dann tut es da drinnen nicht mehr so weh. Der andere soll sich mies fühlen und klein und verstört, damit es dir besser geht. Das Opfer wird zum Aggressor, um sich aus dem Gefühl der Ohnmacht zu befreien. Um sich aus der Verantwortung zu stehlen für das schmerzvolle Eigene, die verdrängten Gefühle, die beschämende Wahrheit. Das versoffene Leben, die versoffenen Geschenke, die versoffenen Chancen, das versoffene Glück, die versoffenen Jobs, die versoffenen Beziehungen, unsere versoffene Beziehung.

Du schaust auf meine Füße: „Dein ausgelatschter rechter Zeh, der ist so lustig. Haha ..."

Es wird gelacht, um die Feinseligkeit nicht zu augenfällig werden zu lassen.

Ich spüre den Stich. Die Verletzung. Die tausendste, die du mir zufügst. Sie legt sich zu den anderen. Ich gehe in den Garten. Ich weine mit dem Regen, der vom Himmel fällt. Ich schaue auf meine Füße. Einmal hast du gesagt, ich habe schöne Füße. Ich betrachte meine Füße und denke, sie sind nicht schön, das habe ich mir eingebildet. Ich denke an einen anderen, der meine Füße schön fand und es mir sagte. Ich denke, dieser Mensch da drinnen will dir wehtun. So weh, wie er dir jedes Mal getan hat, wenn er besoffen war. Und auch wenn er nicht besoffen ist, tut er dir weh, immer tut er dir weh. Du hast schöne Füße, Paula.

Ich gehe zurück in die Küche, klatschnass vom Regen.

Du siehst mich provozierend an: „Außerdem, bist du schuld, dass ich immer mehr trinke."

Ich flippe aus: „Nicht ich bin schuld, dass du trinkst. Du bist Alkoholiker. Es ist deine Sucht! Dafür bin ich nicht verantwortlich. Ich habe sie nicht verursacht. Für dein Saufen habe ich überhaupt keine Verpflichtungen zu übernehmen. Dafür bist du ganz allein zuständig."

Die Wahrheit ist, du trinkst seit dreißig Jahren. Du hast durch dein Trinken alle Jobs und alle Beziehungen kaputtgemacht. Du hast Lokalverbot bekommen, weil du unangenehm wirst, wenn du trinkst. Du trinkst und siehst nicht einmal, dass du damit Unheil angerichtet hast und immer weiter neues Unheil anrichtest. Du musst trinken, sonst zählt nichts in deinem Leben.

Du trinkst aus einem einzigen Grund: Weil du alkoholkrank bist.

Und jetzt ist deine Sucht so weit fortgeschritten, dass du genau weißt, wie es um dich steht. Und was machst du? Anstatt die Verantwortung dafür zu übernehmen, beleidigst du mich, demütigst mich und machst mich nieder. Ich bin schuld, ich bin krank, ich habe mein Leben nicht im Griff, ich muss mich ändern. Schuldumkehr wie immer. Am nächsten Tag tut es dir dann leid, und dann entschuldigst du dich. Aber das sind nur Lippenbekenntnisse. Kaum besoffen, fängst du von Neuem an, mich zu verletzen. Und jetzt gibst du mir die Schuld dafür, dass du weiter trinkst. Dafür habe ich weder Verständnis, noch kann ich das akzeptieren, noch kann ich es entschuldigen. Es ist widerlich und tut verdammt weh. Würde ich dein Trinken tolerieren, wäre ich die Beste, die Liebste, wäre alles nicht so schlimm. Vergiss es!

Am Anfang habe ich es toleriert und auch da war ich das Arschloch. Du schiebst seit Jahren die Verantwortung auf andere ab und bewegst deinen Hintern nicht. Wahr ist: Es ist scheißegal, was ich oder irgendjemand macht, du trinkst. Du sagst, was jeder Alkoholiker sagt: Alle anderen sind schuld, nur ich nicht. Es werden Gründe herbeigeschafft, damit die Sucht eine Logik bekommt und das wahre Problem ignoriert werden kann. So wird man zum Opfer und erheischt Mitgefühl. Die Kritik wird umgekehrt: Wenn ich schuld bin, dann muss ich mich ändern und nicht du.

Plausible Gründe für das Trinken zu finden, ist Teil der Sucht. Jeder gefundene Grund schützt die Trinksucht.

Auch wenn ich weiß, dass ein Alkoholiker, solange er nicht einsichtig ist, die Schuld bei anderen sucht, ertrage ich es nicht mehr. Alkoholiker finden immer Gründe zum Trinken. Ein Grund ist ein Partner, der wie ich, mit seinen Schuldgefühlen darauf anspringt.

Du attackierst mich und erniedrigst mich, du zeigst keine Achtung vor mir. Dein Gerede von "Liebe" ist ein "Brauchen". Du benutzt mich als Prellbock für deinen Frust und deinen Selbsthass. Das ist alles, was ich von dir noch bekomme.

Geht es dir damit gut? Mir geht es damit nicht gut.

Irgendwann kommt ein Punkt, an dem jeder Alkoholiker begreift, dass er in der Falle sitzt. Er weiß, er muss immer weitertrinken. Gleichzeitig stellt sich Hilflosigkeit ein, denn sich die Blöße geben, es zuzugeben, vor anderen, aber besonders vor sich selbst, würde bedeuten, dass er etwas ändern muss. Du weißt, dass du was ändern musst, und du weißt, dass du es nicht schaffst.

Vincent, dein persönlicher Tiefpunkt ist noch nicht erreicht. Dein absoluter Absturz, der so schlimm ist, dass du es nicht mehr erträgst und der dir den Kick geben könnte, etwas zu verändern, ist noch nicht erreicht. Bei manchen kommt dieser Tiefpunkt nie. Ich befürchte, du wirst so lange trinken, bist du tot umfällst. Und ich gehe daran kaputt. Ich muss raus aus dem Wahnsinn.

Ich habe an dir nichts gutzumachen, nur an mir selbst. Du hast dein Wesen verändert. Du bist nicht mehr der Mann, den ich geliebt habe. Du hast meine Gefühle für dich kaputt gemacht. Ich liebte dich. Du liebst den Alkohol.

All das will ich dir sagen und sage es nicht.

Du glotzt mich an. Dein Gesicht, eine leere Fratze. Schweigen.

Dann: „Komm Kleinstes. Ich mache ja jetzt was. Komm ins Bett."

Ich will nicht ins Bett kommen. Ich gehe ins Bad. Ich ziehe die nassen Klamotten aus und den Schlafanzug an.

Ich gehe in die Küche. In Zeitlupe spüle ich das Geschirr ab.

Im Halbdunkel suche ich mich. Ich finde nur die kleine Paula, die traurig in der Ecke sitzt und wieder weiß, niemand wird sie je lieben.

Nein, das bin nicht ich! Und doch bin ich es.

Wer bin ich? Was ist von mir noch übrig? Ich habe einen Frosch geküsst, in der Hoffnung, dass er zum Prinzen wird, stattdessen habe ich mich in eine Fröschin verwandelt. Ich warte, bis du schläfst. Ich lege mich neben dich. Ich lösche das Licht. Deinen Körper neben mir zu spüren, spendet mir keinen Trost. Ich lausche den Geräuschen der Nacht, bis mich ein schwerer Schlaf überrollt, mich mitnimmt in die harte Wiege meiner Albträume.

Ich wache zerschlagen auf. Ich mache Frühstück. Packe deine Klamotten, die ich gewaschen habe, in deinen Koffer. Ich wecke dich. „Ich will nicht in die Klinik", brummst du und ziehst dir die Bettdecke über den Kopf. Ich ziehe sie weg. Du breitest dein Arme aus: „Komm her Paula." Deine Arme umklammern mich wie man eine Mutter umklammert, um Trost zu finden. Du weinst. Wie ein Kind, laut und verzweifelt. Das Eis, das sich um mein Herz gelegt hat, schmilzt. "Wir schaffen das", sage ich.

Ich habe nicht mehr viel Hoffnung, das ist die Wahrheit. Ich sage sie dir nicht.

„Wenn du mit einer anderen schläfst, nimm ein Kondom", bitte ich dich, als du gehst.

„Ich schlafe mit keiner anderen, ich liebe dich", sagst du.

22

MONSTER

Wir verletzen uns selbst, so wie man uns als Kind verletzt hat.
Wir haben es nicht anders gelernt.
Wir verletzen uns so lange, bis wir es nicht mehr aushalten.
Bis wir vor Schmerz nicht mehr können.
Erst wenn der Leidensdruck unerträglich ist,
sind wir bereit, alles zu tun,
um damit aufzuhören.

Ich schließe die Tür hinter dir. Ich möchte schreien. Rausschreien, was ich nicht mehr aushalte, meine Sehnsucht nach dem Vincent, der du in meiner Illusion warst und nicht bist. Meine Verzweiflung über das verlorene Glück rausschreien. Meine Trauer über unsere verlorene Liebe rausschreien. Der Schrei bleibt in mir stecken.

Ich renne aufs Klo und übergebe mich.

Am Mittag rufst du an.

„Bin gut angekommen. Ich muss mein Handy abgeben. Sechs Tage kein Kontakt, sagen die."

„Es ist okay", antworte ich.

„Ich küsse dich!", sagst du.

„Pass auf dich auf", sage ich.

Ich muss jetzt nicht mehr auf deine Anrufe waren. Es fühlt sich an wie eine Befreiung. Du bist versorgt. Man kümmert sich um dich. Du wirst gesund werden. Und dann werden wir ein besseres Leben haben. Ich räume auf und setze mich an den Maltisch. Zum ersten Mal seit langer Zeit zeichne ich. Ich vergesse die Zeit. Es ist später Nachmittag, als mein Handy klingelt. Auf dem Display sehe ich deinen Namen. Mein erster Gedanke ist, du hast den Entzug abgebrochen. Ich habe solche Angst, dass ich nicht rangehe. Ich höre deine Nachricht auf der Mailbox ab.

„Ich bin im Krankenhaus, mein Fuß wird geröntgt. Du weißt doch, der, der mir schon die ganze Zeit Probleme macht." Du sagst, dass sie dir das Handy wiedergegeben haben, damit du in der Klinik Bescheid sagen kannst, falls es länger dauert und du nicht zum Abendessen kommst. Mit einem „Ich melde mich später noch mal" endet die Nachricht. Ich warte vergeblich auf ein Später.

Es dauert sechs Tage, bis du dich wieder meldest.

„Du, die sagen hier alle, dass es ganz schlecht ist, wenn der Partner Alkohol trinkt. Das ist ein echtes Problem für einen Alki."

Deine Worte versetzen mir einen Schlag in die Magengrube. Wieder bin ich das Problem. Immer sind es die anderen, die das Problem erzeugen oder es schlimmer machen oder die Chance, trocken zu werden, verhindern. Wieder die Verantwortung für Saufen oder Nichtsaufen anderen in die Schuhe schieben. Die Anderen, das bin ich.

„Ich will dir nur sagen, du musst dir klar darüber sein, dass du auch nichts mehr trinken darfst, zumindest wenn wir zusammen sind", sagst du.

„Gut", antworte ich, „es scheint aber gerade dein Problem zu sein, ob ich überhaupt noch gut für dich bin, wenn es dir besser geht."

„Ach hör doch auf mit dem Mist", schnauzt du mich an. „Ich sag dir doch bloß, was die hier meinen."

Ich spüre Wut.

„Kleinstes, schickst du mir ein Foto von dir?", lenkst du ein.

Ich sage: „Ich schicke ich dir besser kein Foto von mir. Ich bin schließlich der personifizierte Rückfall."

Du lachst: „Du bist zu empfindlich."

Ich will nicht mehr mit dir sprechen, weil es weh tut.

„Ach, und übrigens, morgen muss ich zum Ultraschall, die Bauchspeicheldrüsenwerte sind zu hoch."

„Das kommt vom Alkohol", sage ich.

Du konterst: „Das kann auch von den Gummibärchen kommen."

„Mist, kein Alkohol, keine Gummibärchen, keine Freundin, die was trinkt", sage ich.

„Du bist eine schlechte Schauspielerin, gib es zu, du hast Angst, mich zu verlieren, wenn ich nicht mehr trinke", sagst du.

„Ich hasse diese Spielchen", sage ich.

„Das sind keine Spielchen, denk mal drüber nach. Also, bis dann."

„Bis dann", antworte ich. Du hast bereits aufgelegt.

Du weißt genau, dass ich jetzt verunsichert bin. Du kennst meine Knöpfe und drückst sie. Du spielst mit meiner Angst. Ich spüre deine Lust an der Macht, die dir meine Angst verleiht. Arschloch!

Warum sage ich es nicht, warum sage ich nicht, lass mich in Ruhe? Wovor habe ich jetzt noch Angst? Ich habe mittlerweile mehr Angst zu bleiben als zu gehen. Ich habe keine Lust mehr, alles verstehen zu sollen, alles verzeihen zu sollen, alles zu tun, was du willst. Es geht nicht um mich, es ging nie um mich, es ging darum, ob ich dir etwas nütze. Jetzt nütze ich dir nichts mehr. Ich bin eine Gefahr für deine Abstinenz, noch bevor du sie überhaupt erlangt hast. Ich hätte sagen können, klar trinke ich nichts, wenn du nichts mehr trinkst. Ich weiß nicht, warum ich es nicht gesagt habe. Ich weiß nur, dass ich keine Lust mehr habe, mich nach dir zu richten, immer so, wie es für dich gut ist. Was für mich gut ist, zählt nicht. Ich werde dich nicht mehr darüber entscheiden lassen, was wird und was nicht wird. Ich werde dich nicht entscheiden lassen, ob du mit mir sein willst nach deiner Entlassung aus der Klinik oder nicht. Ich gehe keine Kompromisse mehr ein, nur weil ich Angst habe. Ich bin stärker als meine Angst. Ich gebe meine Macht über mich selbst nicht mehr ab. Die Dinge müssen anders werden, besser für mich.

Liebe ist oder sie ist nicht. Wenn sie jemand an Bedingungen knüpft, spricht er nicht von Liebe, sondern von einem Deal. Du bist ein Monster.

Ich will nichts mehr mit dir zu tun haben, schreibe ich in den Messenger. Kaum habe ich die Worte getippt, höre ich das leise Stimmchen der kleinen Paula, die schon damals von einem anderen Monster geliebt werden wollte: „Du brauchst ihn. Du kannst ohne ihn nicht leben."

Ich lösche die Nachricht.

Ich spüre die Not der kleinen Paula. Ich höre ihre Gedanken: „Wenn mich das Monster liebt, dann ist alles gut. Dann muss ich doch liebenswert sein."

Ich habe ein Monster in mein Leben gezogen, das mich wie damals mein Vater, zu sich holt und wieder von sich stößt, und ich reagiere wie das kleine Mädchen von damals, ich laufe dem Monster hinterher, in der Hoffnung, es irgendwann doch noch zähmen zu können.

Ich hasse dieses Kind für die Macht, die es über mich hat.

Ich hasse mich, weil ich sie ihm überlasse.

23

GEFÜHL

Was sich nicht gut anfühlt, ist nicht gut.

Eine heiße Sonne hat den Regen abgelöst. Ich mag die trockene Hitze. Ich sitze im Garten unter dem pinkfarbenen Sonnenschirm und frage mich, wie man mit einem unbefriedigten Begehren leben kann. Man kann. Man kann aber auch daran zugrunde gehen.

Seit drei Wochen bist du in der Klinik.

Deine abendlichen Anrufe sind kurz. Entweder du bist müde oder du musst noch mal schnell unten eine rauchen, bevor um neun Uhr Nachtruhe ist. Dann musst du schlafen, zu erschöpft, um noch mal anzurufen.

„Ich muss mich auf mich selbst konzentrieren. Das ist ganz normal im Entzug", sagst du. Ich soll mir nichts denken.

Ich denke mir nichts. Ich fühle etwas.

„Hast du eine Frau kennengelernt?", frage ich dich.

Du lachst gekünstelt: „Ah, Madame ist eifersüchtig. Klar wackeln da einige mit ihren dicken Brüsten vor mir her. Juckt mich nicht. Ich will keine andere. Ich hab keine andere, ich habe was anderes zu tun. „

Ich glaube dir nicht. Du lügst.

„Sag mir bitte, wenn es so ist", bitte ich dich.

„Mach ich, versprochen", antwortest du.

Vertrau mir nicht! Ich erinnere mich an deine Worte.

Ich spüre, wie ich abstürze. Ich fühle, etwas ist anders.

Du sagst: „Das ist ganz normal, wenn man hier drin ist, dass das Draußen in den Hintergrund tritt."

Das Draußen bin ich.

Dann sagst du es: „Ich habe das Gefühl für uns verloren."

Ich falle.

Meine nächtlichen Träume haben weh getan. Nach einer unruhigen Nacht bin ich wie so oft schweißgebadet aufgewacht. Dein „Ich habe das Gefühl für uns verloren" schmerzt, es zerreißt mir das Herz. Schon immer fürchte ich mich vor dem Schmerz, den Menschen sich gegenseitig zufügen. Ich fürchte mich vor der Macht, wenn einer spürt, dass er den anderen verletzen kann, weil er ihn liebt. Wer liebt, ist immer der, der leidet.

Man sollte sich keine Versprechen geben, man sollte keine Zukunft mit einem anderen festlegen. Menschen sind unberechenbar. Wie oft sagen Menschen „Ich liebe dich" ihrer tiefen inneren Leere wegen. Die erste Faszination, das Begehren, die Lust, sich zu verlieren, das Auserwähltsein, das Anhalten des eigenen Weges, um einen gemeinsamen Weg zu gehen. Nicht mehr allein. Dann der erste Streit, die Ernüchterung, der Kampf und dann die Gewohnheit, die müde Langeweile, die sich einstellt, und schließlich zu Gleichgültigkeit wird. Am Ende geht der, der es zuerst leid ist. Das Ende der Liebe ist immer die Gleichgültigkeit. Dass der Verlassene es nicht fassen kann, macht es so schändlich.

24

VERLASSEN

Wenn wir uns auf jemand anderen verlassen, verlassen wir damit den einzigen Menschen, auf den wir uns verlassen können - uns selbst. Sobald wir die Illusion verlassen, dass es jemals anders sein könnte, geschieht das Wunder:

Wir fühlen uns nicht mehr verlassen.

Wir brauchen andere Menschen. Ganz besonders brauchen wir Menschen, auf die wir uns verlassen können. Aber nicht alle von uns haben diese Menschen. Die Intensität des Gefühls der Verlassenheit ist ein Seismograph dafür, wie allein wir sind. Dieses Gefühl ist keine Täuschung. Unsere Gefühle täuschen uns nicht, es sind Menschen, die uns täuschen, und es sind unsere Gedanken, die uns täuschen, weil wir unsere Gefühle nicht wahrnehmen wollen.

Wenn uns ein Mensch verlässt, begreifen wir, dass wir uns getäuscht haben. Wir sind am Ende der Täuschung angelangt. Schlagartig sind wir nüchtern. Wir begreifen, dass der andere uns nur enttäuschen kann, weil wir uns haben täuschen lassen. Wir lassen uns gern täuschen, ebenso gern, wie wir an einem vertrauten Zustand festhalten, weil wir uns im Vertrauten sicher fühlen. Der Urgrund der Enttäuschung liegt darin, dass wir uns selbst abgeben in die Hände anderer, im Vertrauen, gehalten zu werden. Anstatt uns selbst zu halten, schaffen wir Konstrukte der Abhängigkeit. Lösen sich diese auf, sind wir auf Entzug.

Der blitzartige Einschlag deiner Worte hat mich bis ins Mark getroffen. Ich habe Ja zu dir gesagt, immer, trotz allem. Jetzt ist da dein Nein zu mir. Der Verlust deines Jas ist mein Verlust. Ich schmecke eine Verzweiflung, die anders ist als die, die da war. Bitter, trocken, den Mund verklebend. So klebrig, dass keine Worte über diesen verklebten Mund kommen, die ich dir, die ich mir sagen könnte.

Wohin mit mir?

Ich kenne mich nicht mehr. Ich kenne dich nicht mehr. Ich habe geglaubt, dich zu kennen. Der Irrtum ist meiner. Ich bin wütend auf mich selbst. Ich bin die Naive, die vertraut hat.

Dein „Vertrau mir nicht!" – wie konnte ich es nur ignorieren?

Du hast es nicht besser verdient, schreit eine Stimme in mir. Sie ist gnadenlos, gemein, böse. Sie erlaubt keinen Widerspruch. Sie soll die Fresse halten.

Ich habe mich an dich gebunden. Jetzt entbindest du mich von dir. Es zerreißt mir das Herz. Mein dummes, einfältiges Herz. Es schlägt schnell, zu schnell, um ruhig atmen zu können. Ich bekomme kaum Luft. Diese verdammte Angst, die mich nicht loslässt, die Mutterangst.

Am Anfang war die Angst.
Am Anfang war die Mutter die Mutter der Angst.
Mutterangst
Weitergegeben
Weitergetragen
In der Mitte war die Angst
Sie vertreiben wollen
Dagegen ankämpfen
Mit Erwachsenenmut
Und niemals frei
Am Ende ist die Angst die Mutter der Angst.

Lass mich in Ruhe, lass mich atmen, Mutter.

Meine Mutter. Hypochondrisch. Die Krankheit im Kopf und immer dieses: Ich muss sterben.

Und ich, sechs Jahre alt und Angst, während ich in Arztpraxen sitze und warte. Die ganze Zeit Angst. Ein braves Kind, sagen die Leute, die da auch sitzen und warten. Mutter nickt nur, nimmt mich an die Hand. Wir gehen.

Draußen kein Wort, nur dieses schreckliche Schweigen. Sie gibt keine Ruhe, besucht immer neue Ärzte, sie ist fest davon überzeugt, an einer unheilbaren Krankheit zu leiden.

Mutter lebt. Tot ist mein Vertrauen in das Leben.

Vincent, beschütze mich vor diesem kranken Mutterwesen. Aber du bist fort. Mit wem bist du jetzt? Dein Gefühl ist bei einer anderen. Du liegst bei einer anderen. Ich fühle es.

Ich wähle deine Nummer. Du gehst nicht ans Handy. Ich versuche es am Morgen, am Mittag, am Abend. Ich spreche dir auf die Mailbox. Stoisch wiederholt sie die Ansage: Der Teilnehmer ist zurzeit nicht erreichbar, versuchen Sie es später noch einmal.

Du willst nicht mit mir reden. Ich kann es nicht glauben, dass du mich hinter der Kliniktür zurückgelassen hast. Ich komme nicht los von dir und unserem Drama und es ist mir scheißegal, dass du es jetzt beendest, für mich ist es nicht zu Ende. Wozu das alles? Wofür noch leben? Glücklich werde ich eh nie sein.

Ich will ankommen und mich fallen lassen in Arme, die stark sind, die mich auffangen und halten. Sch … sch…

ZUHAUSE

„Wenn alles seinen Sinn verliert, gibt es nur zwei Möglichkeiten.
Entweder man geht selbst zugrunde oder man vernichtet die Welt,
die einen bis zu diesem Augenblick umgeben hat. Man sprengt sein
altes Zuhause und macht sich auf die Suche nach einem Neuen",
schreibt Francesc Miralles.

Ohne dich ist alles sinnlos. Ohne dich ist mein Zuhause leer
und leblos. Es gibt kein neues Zuhause. Ich habe nicht das
Geld, um mir ein neues Zuhause zu suchen. Ich habe nicht
einmal das Geld, um David auf Kreta zu besuchen. Wie soll
ich mein altes Zuhause sprengen? Wie die Welt vernichten,
die so lange die meine war?

Die Verzweiflung macht meinen Kopf dumpf. Um mir
einzureden, dass es okay ist, dass du kein Gefühl mehr für
uns hast, beschwöre ich die Erinnerung herauf an all die
Tage, an denen du betrunken warst.

Das Traurigste an einem Trinker ist nicht das Trinken. Das
Traurigste ist, dass er nicht erreichbar ist für den, der ihn
liebt. Der Trinker wird ein Tauber, ein Blinder, ein Gehör-
loser, ein Gefühlloser. Er wird zu einem Schwamm, der nur
noch eine Funktion hat: sich vom Alkohol durchtränken zu
lassen. Alkohol zerstört das Gehirn. Es wird zu Matsch mit
der Zeit. In diesem Matsch ist am Ende keine Liebe mehr.

Vincent, wie konnte ich nur glauben, du seiest mein Zuhause. Du warst nicht mein Zuhause. Es gab nie ein Zuhause bei dir. Ich war dein Zuhause und du hast es vernichtet.

26

W O R T E

Wie gerne glauben wir den Worten.
Dabei vergessen wir, wie leicht es ist, sich die Worte gefügig zu
machen.

Es ist leicht, mit Worten zu beeinflussen, zu manipulieren, zu kontrollieren, zu schmeicheln, zu lügen und zu täuschen. Worte sind gefügig. Wir tappen alle irgendwann oder immer wieder in die Wortfalle. Aber früher oder später erkennen wir, ob das Verhalten und das Handeln eines Menschen mit seinen Worten übereinstimmen. Früher oder später erkennen wir die Wahrheit, weil wir sie erfahren. Wenn wir beginnen, mit all unseren Sinnen achtsam zu sein, hören wir auf, uns durch Worte blenden zu lassen, auch wenn die Worte uns sagen, was wir hören wollen.

Es ist der siebte Tag seit deiner Offenbarung. Nachdem ich den Schock einigermaßen überwunden habe, kommt es mir vor, als würde ich zum ersten Mal auch fühlend begreifen, dass unser Wir eine Illusion war.

„Ich muss mal eine andere vögeln", sagtest du einmal, als wir nebeneinander lagen, nachdem wir uns geliebt hatten. Jetzt tust du es.

Ich fühle mich verbraucht und alt.

„Das Alter ist ein Massaker", schreibt Philipp Roth in *Jedermann.* Du weißt, dass ich das genauso sehe. Mit einer Lust daran, mir weh zu tun, hast du mich auf das Massaker gestoßen. Immer wieder hast du diesen wunden Punkt berührt, wohl wissend, wie schmerzhaft es für mich ist, mir selbst bei meinem Verfall zusehen zu müssen. Wenn du eine Jüngere findest, bist du weg, dachte ich oft.

Ich spüre, dass du jetzt eine andere gefunden hast.

Auf jeder Vernissage, auf der wir waren, hast du irgendeine Frau angemacht. Dass ich dich dabei gesehen habe, hat dich nicht gestört. Wenn ich dich darauf angesprochen habe, hast du gesagt, ich bilde es mir ein. Ich fühlte mich nicht mehr von dir geliebt. Ich fühlte mich nicht einmal mehr von dir begehrt. Ich fühlte mich wie jemand, bei dem man bleibt, weil da nichts Besseres ist. Ein Jemand, der alles mitmacht, das Trinken, die leeren Versprechungen, nur weil er selbst fürchtet, nichts Besseres zu finden oder glaubt, nichts Besseres verdient zu haben. Bin ich das? Bin ich dieser Jemand, der das glaubt? Dann bin ich verloren.

Alles wird gut, hast du gesagt. Nichts ist gut geworden.

Wir waren schon lange nicht mehr glücklich. Wir hatten auch keine glückliche Zukunft zu erwarten. Ich will mit dir zusammen sein, immer, hast du gesagt. Ich wusste, dieses Immer gibt es für uns nicht.

Jetzt ist nicht einmal mehr ein Jetzt.

Jetzt hast du getan, was ich längst hätte tun sollen. Du hast mir den Abschied gegeben. Ich war zu schwach. Ich bin schwach. Meine Schwäche verschleiert den letzten Funken meines klaren Verstandes. In der Schwachsinnigkeit meiner Schwäche warte ich noch immer auf den erlösenden Anruf von dir. Nach allem, was zwischen uns passiert ist, kann es doch so nicht enden. Hartnäckig wehre ich mich gegen die bleierne Lähmung, die meinen Kopf und meine Glieder schwer macht. Ich tue, was zu tun ist, mache kleine

Schritte, Tag für Tag. Ich warte, dass du dein verlorenes Gefühl für uns wiederfindest.

Meine Liebe ist ein verdreckter See, in dem alles Leben erstickt. Er wird vermodern, austrocknen. Ich schwimme in seiner brackigen Fäule.

27

IDENTITÄT

Um mich neu zu erfinden, ist es notwendig, das alte Ich ziehen zu lassen. Es hat sich abgelebt. Abgelebt durch die Veränderungen, die ich durchlebt habe.
Ich kämpfe gegen meine abgelebte Identität.
Ich kann nicht loslassen, was sie verlassen hat.
Ich baue innerlich einen so großen Widerstand auf, dass ich mich in einem Niemandsland befinde, in dem ich immer wieder der beunruhigenden Frage begegne:
Wohin mit mir?

Ich gebe Malstunden. Es tut mir gut, wieder mit Menschen zusammen zu sein. Die Stunden geben mir das Gefühl, etwas Sinnvolles zu tun. Nachdem die Schüler am Abend gegangen sind, mache ich mir etwas zu essen, setze mich aufs Sofa und lese. Ich gewöhne mich an mein Einsiedlerdasein. Ich habe nicht das Bedürfnis, jemanden anzurufen oder auszugehen. Es ruft auch niemand an. Wer sollte auch anrufen? Die wenigen Bekannten, die ich habe, melden sich sowieso nur sporadisch, und meistens nur dann, wenn sie etwas von mir wollen. Paula, kannst du mal?

Paula kann nicht mehr, will nicht mehr, weiß nicht mal mehr, was sie wollen könnte. Ich sehne mich nach der, die ich war, bevor ich dich traf. Diese Paula ist mir eine Fremde geworden. Die selbstsichere, starke Frau, die am Leben teilgenommen hat, die mit ihrem Sohn Musik gemacht und gesungen hat, gibt es nicht mehr.

Wir Menschen stecken gern alles in Schubladen, auch uns selbst. Zum einen gibt es uns Halt und das Gefühl von Kontrolle, zum anderen macht es uns genau dieses Kontrollierenwollen schwer, Veränderungen zu akzeptieren. Wir haben uns ein Bild gemacht von dem, der wir sind oder zu sein glauben. Wir lassen uns durch dieses Bild zwingen, nach seinen Vorgaben zu denken, zu fühlen und zu leben. Wehe dieses „Ich bin der Überzeugung, dass…" kommt ins Wanken. Dann kommt die Angst. Dann wird alles versucht, um das alte „Ich bin" wiederherzustellen. Gelingt es nicht, steht unser konstruierter Lebenssinn in Frage. Wir neigen dazu, unsere Identität über das zu definieren, was oder wer wir zu sein glauben. Wir glauben, wir seien dieses Ich, weil wir diesen Job haben, diese Lebensweise, diese Familie, diesen Partner und all die anderen Dinge, die wir als Säulen in unserem Leben erschaffen haben.
Was aber, wenn nur eine dieser Säulen zu wackeln beginnt? Was, wenn das alte Ich-Konzept nicht mehr funktioniert, weil eine oder mehrere Säulen wegbrechen? Dann ist es an der Zeit, dieses Ich-Konzept zu hinterfragen.

Fuck, Paula. Du musst dich neu erfinden. Ich habe nicht den blassesten Schimmer, wie das gehen soll. Der Verlust meiner alten Identität wiegt so schwer, dass es mich ins Bodenlose zieht. Das Zerbersten dieses alten Ichs ist bedrohlich. Mich packt Mutlosigkeit. Ich greife ins Nichts. Du musst das jetzt aushalten, Paula. Manchmal geht es nur ums Aushalten. Es gibt nicht für alles eine Lösung. Wenn es im Außen keine Lösung gibt, kann ich nur etwas in mir selbst verändern. Wenn ich das nicht kann, geht es ums Aushalten. Das ist kaum auszuhalten.

Wie kann ich das jetzt aushalten?

Aushalten ist eine Möglichkeit, die Welt einmal anders zu erfahren. Wir erlauben uns, zu sein, ohne jede Herausforderung, ohne jeden Zeitbezug. Wir hören auf, uns in die Zukunft davonmachen zu wollen, denn sie ist eine unbekannte Größe. Wir erkennen an, dass wir die Zeit nicht in der Hand haben. Ob sie langsam oder schnell vergeht, wir können sie nicht in andere Richtungen zwingen, nicht beschleunigen, nicht verlangsamen.

Aber wir können sicher sein, es ist eine Zeit, in der unsere Lebensumstände und wir selbst uns ändern werden, auch wenn wir das Gefühl haben, dass nichts geschieht und wir nur warten. Das ist das Einzige, dessen wir gewiss sein können: Es wird sich ändern. Der gegenwärtige Augenblick wird in einen nächsten übergehen. Gefühlt verlangsamt, nicht in der gewohnten Geschwindigkeit, aber es folgt immer Augenblick auf Augenblick.

Die Langsamkeit, die wir erfahren, das Hindernis, vor dem wir stehen, so mächtig und unüberwindbar es uns erscheint, ist eine Herausforderung. Wir lernen auszuhalten, wir lernen eine Sache durchzustehen. Wir lernen, dass es Dinge gibt, die wir nicht kontrollieren können, wie sehr wir uns auch bemühen mögen und egal, wie stark unsere Willenskraft ist. Wir lernen unsere Machtlosigkeit anzunehmen. Wir lernen den Augenblick zu begreifen. Wir lernen, wenn wir dazu bereit sind, jeden Moment radikal so zu anzunehmen, wie er ist. Wir lernen, uns selbst jeden Moment so zu anzunehmen, wie wir sind. Wir lernen Akzeptanz, wir lernen, den Dingen ihren Gang zu lassen und sie nicht mehr kontrollieren zu wollen und uns ganz dem Augenblick zu öffnen.

Ich muss das jetzt aushalten.

28

ANGEHÖRIG

Nichts gehört mir. Alles ist geliehen. Nichts kann ich festhalten.
Aber ES hält mich fest.
Ich muss mich losreißen. Den Schmerz aushalten.

Oktober 2017

Es ist sechs Uhr morgens. Ich schrecke aus einem Albtraum auf. Ich habe jede Nacht Albträume. Mein erster Gedanke: Nein, ich halte es nicht aus ohne dich. Ich kann ohne dich nicht leben. Ich muss die Denkmaschine da oben ausschalten. Es geht nicht. Ich beschließe, sie zu ignorieren. Eine Stimme in mir lacht: Ohne ihn leben? Das schaffst du niemals. Woher willst du das wissen?, frage ich sie.

Ich bin stolz auf meinen kleinen Mut, mich ihr entgegenzustellen. Ich gehe ins Bad unter die Dusche. Vergiss diesen Mann, Paula! Das kannst du nicht, meldet sich die Stimme. Du bist liebeskrank! Du kannst mich mal, ich bin co-abhängig, schreie ich sie an. Und ich kann das ändern! Ich steige aus der Dusche und trockne mich ab. Die Stimme hat sich verzogen. Gut, denke ich, für diesen Moment hast du es geschafft. In der Küche begrüßt mich die morgendliche Leere, die mich monatelang zum Weinen gebracht hat. Ich werde jetzt nicht weinen. Ich werde nicht mehr zulassen, dass mir die Gedanken an dich jeden Morgen versauen. Im Bademantel gehe ich über die Hinterhaustreppe in den Flur zum Briefkasten, weil mir einfällt, dass ich schon tagelang nicht mehr nach der Post gesehen habe.

Im Briefkasten liegt ein gelber Umschlag. Auf dem Absender steht der Name der Klinik. Mir wird schwindelig. Ich gehe zurück in die Wohnung und setze mich an den Küchentisch. Meine Hände zittern. Du musst den Brief jetzt nicht aufmachen, mach dir erst einmal einen Kaffee, versuche ich mich zu beruhigen. Mein rasendes Herz rät mir von Kaffee ab. Ich gehe zum Herd und setze Wasser für einen Jasmintee auf. Ich habe nicht die leiseste Ahnung, was mich erwartet, wenn ich den Umschlag öffne. Plötzlich fällt mir wieder ein, dass du mir erzählt hast, dass sie dort Angehörigenseminare machen. Ich öffne den Umschlag. Es ist die Einladung zu einem Angehörigengespräch.

Na dann, denke ich, das hat sich ja jetzt erledigt.

Ich bin nicht mehr deine Angehörige. Ich brauche kein Gespräch mehr. Ich bin nicht mehr die Frau an der Seite eines Alkoholikers. Ich habe Glück gehabt, du hast mich befreit. Mein Sarkasmus nützt mir nichts. Ich weine. Ich bin gerade dabei, mich in meine Heulerei hineinzusteigern als mein Telefon klingelt. Dein Name erscheint auf dem Display.

„Hallo", sage ich eisig.

„Kleinstes, wie geht es dir?", fragst du. „Es tut mir leid, ich habe das nicht so gemeint. Ich vermisse dich", kommt es kleinlaut zu mir herübergekrochen.

Ich weiß nicht, was ich sagen soll. Dass ich dich längst abgeschrieben habe, dass ich dich auch vermisse, dass du mich nicht wieder einlullen kannst.

„Was ist, du sagst ja gar nichts?"

„Was soll ich denn sagen? Ich habe nicht mehr mit dir gerechnet."

„Aber Kleinstes, du kennst mich doch. Ich rede manchmal Blödsinn. Jetzt komm, sei wieder gut."

„Ich soll wieder gut sein? Du warst nicht gut zu mir, ich war nicht mehr gut für dich. Soll ich das vergessen und wieder gut sein? Was erwartest du?"

„Komm, stell dich nicht so an, ich will, dass du herkommst. Ich will dich sehen."

„Du mich sehen? Nachdem du mir gesagt hast, du hättest das Gefühl für uns verloren? Und jetzt hast du es plötzlich wiedergefunden?"

„Nein, ich will sehen, ob ich es wiederfinde. Gib uns noch eine Chance. Bitte, Komm."

29

HOFFNUNG

Man mag die Hoffnung verlieren, sie abweisen, sie zurückweisen, sie einsperren, sie verleugnen, sie verneinen - die Hoffnung ist unsterblich wie weniges andere.

Ich habe mich weichklopfen lassen. Die Hoffnung und meine Klamotten in den Koffer gepackt. Ich habe ein Zimmer im Steigenberger reserviert. Ich will, dass wir es schön haben. Aus der wochenlangen Unberührtheit meines Körpers schreit die Sehnsucht nach Berührtwerden. Dich anfassen will ich, weil ich noch immer das erste Anfassen im Leib spüre. Schon lange war es so nicht mehr gewesen, und ich weiß nicht, ob ich es jemals wieder so fühlen werde.

Das tiefe Meer, in das ich mit dir geglitten bin. Ich schwimme noch immer darin und komme nicht ans Ufer. Ich bin rückfällig geworden. Ich habe den Drink, den du mir hingestellt hast, gierig runtergekippt. Hör auf damit!, beschwöre ich mich. Gib euch eine Chance. Dieses Mal ist es anders.

Du wirst einen nüchternen Vincent treffen. Mit einem nüchternen Vincent sprechen, mit einem nüchternen Vincent ein paar Tage verbringen. Mit einem nüchternen Vincent die Nacht verbringen. Ich bin eine Idiotin, Nüchtern heißt nichts. Nüchtern heißt nicht, dass die Sucht geheilt ist. Nüchtern heißt: Kurzer Stopp.

Es ist ein milder Oktobermorgen, als ich in den Zug steige. Ich brauche drei Stunden bis zu dem kleinen Kurort, in dem sich die Klinik befindet. Ich bin nervös. Ich beschwöre Erinnerungen an unser Gemeinsames herauf, suche nach jedem schönen Moment, den es gab. Die Abende, an denen wir gesungen, getanzt und gelacht haben, glücklich wie zwei Kinder, die endlich ein anderes gefunden haben, das die gleichen Spiele mag. Den Kinobesuch, den wir gemacht haben, den einzigen, weil du es einmal geschafft hast, über deine Angst zu siegen. Die ganze Zeit hast du meine Hand gehalten, mich immer wieder an dich gezogen und mich geküsst. Die Abende, an denen wir über das Leben philosophiert haben. Die Sonntage, an denen wir es geschafft haben, in den Park zu gehen, weil du ausnahmsweise keinen Kater hattest. Das Essen, das wir gemeinsam gekocht haben und die Freude, die wir hatten, wenn es uns gelungen war. Die Bücher, aus denen du mir vorgelesen hast und ich dir, eng beieinanderliegend, bis einem von uns die Augen zufielen. Dein Jungenlächeln, das mich immer wieder glücklich gemacht hat, egal was vorher gewesen war. Die Fröhlichkeit, die manchmal aus dir herausschwappte und mich ansteckte. Ich kann es nicht begreifen, wie so etwas Schönes kaputtgehen kann.

Wir waren doch gut zusammen.

Wir waren gut zusammen an all den Tagen und Abenden, an denen du nicht so viel getrunken hattest. Wir waren glücklich an all den gemeinsam verbrachten Weihnachten und in den Silvesternächten, glücklich uns zu haben, weil wir doch sonst nicht viel haben. Und immer die Hoffnung auf ein besseres Jahr, ein besseres Leben ohne Alkohol, ohne Panikattacken, ohne deine und meine Ausraster. Ohne die Angst, die wir uns gegenseitig machten. Es kam kein besseres Jahr.

Jetzt wird es anders, weil du jetzt trocken sein wirst. Im selben Moment weiß ich, dass ich mir wieder etwas vormache. Mein Kopf weiß es, mein Bauch weiß es, aber mein Herz will, dass sich beide irren. Mein Herz will zu dir.

Ich frage mich, ob nicht die Extreme mehr als die Liebe Menschen aneinanderketten. Und ich frage mich, ob die Liebe nicht in Wirklichkeit eine Abhängigkeit vom Aneinanderleiden ist, da das An-sich-selbst-leiden durch seine ihm innewohnende Einsamkeit noch unerträglicher ist.

Ich weiß die Antwort längst und will sie nicht wissen.

Wir haben uns so viel Ungutes angetan, wie wir uns Gutes getan haben.

Was wird mich erwarten, wenn ich aus dem Zug steige? Was werde ich fühlen, und wie wirst du mir begegnen? Meine Angst packt die Liebe ein und schnürt sie zu. Obwohl ich dich doch lieben will. Was willst du? Was ist mit dem Gefühl, das du verloren hast, für uns?

In wen hast du es hineingelegt?

30

BLIND

Manchmal bindet ein unüberwindliches Gefälle zwei Menschen zusammen.
In ihren Sehnsüchten, Träumen, Fiktionen und Illusionen voneinander kommen sie nicht voneinander los. Eine wirkliche Beziehung hätten sie vielleicht nie dauerhaft führen können, aber etwas Ungelöstes und diese unerfüllte Sehnsucht bindet sie aneinander, ohne dass sie je wirklich miteinander sein können.

Ich sehe dich am Bahnsteig, noch bevor der Zug zum Halten kommt. Du stehst da in deinem blauen Sakko, der hellen Jeans und einem weißen Hemd. Wie gut du aussiehst, denke ich, als du mich begrüßt und mir den Koffer abnimmst. Ich sage es dir, du lächelst und sagst, wie schön ich bin. Wir halten uns in den Armen. Ich atme deinen Geruch ein. Ich bin glücklich. Zu Fuß gehen wir zum Hotel. Der Ort ist klein und beschaulich. Ein typischer Kurort mit kurzen Wegen von einem Platz zum anderen. Wir halten uns an den Händen. Immer wieder bleibst du stehen, siehst mich an, sagst mir, wie schön ich bin und dass du es fast vergessen hattest. Sagst, wie sehr du mich vermisst hast und wie froh du bist, mich hier zu haben, endlich. „Ich habe das Gefühl für uns verloren" existiert nicht mehr.

Ich traue dir nicht und möchte dir so gern vertrauen. Ich halte deine Hand. Ich fühle Angst, dass sich mich wieder loslässt.

Dein Gesicht ist schmaler geworden. Die Tränensäcke sind verschwunden, nur die Haut ist rot wie immer. Vor dem Steigenberger zündest du dir eine Zigarette an.

Du lächelst: „Kleinstes, ich liebe dich."

„Ich liebe dich", antworte ich.

In diesem Moment ist es wahr.

Wir lieben uns in den weißen Laken des Hotelbettes. Ich lasse mich in dich hineinfallen. Ich lasse mich von dir im Schwimmbad des Hotels im Wasser tragen. Glücklich wie ein Kind, geborgen und sicher in den Armen dessen, der es beschützt und liebt.

Ich weiß noch nicht, dass wir beim Verlassen des Hotels von der Frau gesehen werden, mit der du Sex hattest. Sie weiß noch nicht, dass sie uns begegnen wird. Ich weiß noch nicht, dass sie mir nach deiner Entlassung eine Nachricht über Facebook schreiben wird, dass sie eine Bettgeschichte mit dir hatte. Dass du eine Drecksau und ein psychisch kranker Mann bist und dass es ihr leidtut und sie nichts von mir wusste. Ich weiß noch nichts von dem Damoklesschwert, das über mir schwebt, während ich voll mit Glückshormonen mit dir ins Restaurant gehe und wir ein romantisches Abendessen genießen. Ich weiß noch nicht, dass du mich alle die Jahre betrogen hast mit vielen anderen Frauen und dass sie nicht die erste war und nicht die letzte.

Am nächsten Tag sitze ich ahnungslos mit dir im Angehörigenseminar und lerne, wie man mit einem trockenen Alkoholiker umgeht und was man tun muss, um ihn dabei zu unterstützen, um einen Rückfall zu verhindern.

Vincent, ich verachte dich dafür, dass du mich über all die Jahre betrogen hast. Ich verachte dich dafür, dass du mich den Blicken der anderen Mitbewohner der Klinik ausgesetzt hast, den Blicken der Frau, in deren Bett du gekrochen bist, den Blicken der Therapeuten, den Blicken all derer, die sahen: Hier ist eine Frau, die so blind ist, dass man sie vorführen kann wie einen dummen Esel. Die Frau ist blind, weil sie eine Co-Abhängige ist.

31

SCHMERZ

Der Schmerz wird irgendwann breiter, weniger tief.
Ich verliere mich im Unbehagen, ohne es zu überwinden.
Eine Traurigkeit, die keine Erlösung findet.
Ich stehe am Rand, an dem der Sinn zusammenbricht.
Ich wohne deinem Tiefpunkt bei.
Dein Tiefpunkt ist der meine.
Fast schon ohne Tragik, weil es so banal ist.
Kein großes Theater.
Ein Erlöschen.
Von Klarsicht begleitet, dass es so kommen musste.
Dein Leben mit und ohne Alkohol, ohne Sinn.
Jede Anstrengung dir zu helfen, ohne Sinn.
Meine Liebe. Ohne Sinn.
Würde ich dem Schmerz nachgeben, er würde mich zerreißen.

Seit deinem Suizidversuch und deinem Geständnis lebe ich
allein. Ich sehe nur wenige Menschen. Ich habe kein Bedürfnis nach Gesellschaft. Einmal kam ein Max in mein Leben, aber ich spürte, ich bin nicht so weit, mich wieder auf
einen Mann einzulassen.

In deiner letzten Nachricht stand, dass du nicht mehr
rauskommst aus deinem Sumpf. Dass du keine Lust mehr
hast zu saufen, aber es nicht schaffst, aufzuhören, dass du
billigen Tütenwein trinkst, dass du dir nicht mal mehr einen
Friseurbesuch leisten kannst. Dass du einen Eckzahn

gezogen bekommen hast und man es sieht und du kein Geld hast für einen neuen Zahn, dass du in einer verwahrlosten Wohnung haust, die Tage verschläfst und die Nächte durchtrinkst, dass die Angst immer schlimmer wird, dass du keine Menschen mehr siehst außer den Leuten im Supermarkt, dass es dir unendlich leid tut, mich betrogen zu haben, dass du vor Selbsthass und Scham in den Boden versinkst und es dir das Herz zerrissen hat, dass du mich nicht verletzen wolltest und dass du mich noch immer liebst.

Ich habe dir nicht mehr geantwortet.

Ich fühle eine grenzenlose Trauer, um dich, um uns. Um das, was hätte sein können und niemals sein konnte. Ich fuhle Schmerz. Ein Teil von mir steckt noch immer in Vincent. Ich kann diesen Teil nicht mehr zurückholen, aber ich lerne, ohne ihn zu leben.

Ich trage Vincent in meinem Herzen.

Er ist nicht mehr mein Vincent.

Er ist meine Erinnerung an Vincent.

Er ist meine Liebe, meine Sehnsucht, meine Enttäuschung, mein Schmerz, meine Wut, meine Trauer und meine Herausforderung.

Ich verzeihe mir und ich verzeihe ihm.

Wir konnten nicht anders.

Du hattest Recht, Vincent: Sie konnten nicht zusammenkommen. Das Wasser war viel zu tief.

EPILOG

Wenn du nach langem Suchen erkannt hast,
dass kein anderer deine tiefsten Bedürfnisse, Sehnsüchte, Träume
und Wünsche erfüllen kann, lernst du,
dich auf dich selbst zu verlassen.
Das ist der Beginn einer tragenden lebenslangen Beziehung.
Ich nenne es Selbstfreundschaft.

Wenn du co-abhängig von einem Menschen bist, bist du süchtig nach seiner Aufmerksamkeit, seiner Zuneigung und seiner Zuwendung. Du bist süchtig nach der Bestätigung, dass er dich liebt und braucht. Du bist erfüllt von einem großen Zuneigungshunger, der in deiner Kindheit nicht gestillt wurde. Du brauchst ein Gegenüber, um dich zu spüren. Ist es nicht da, hast du das Gefühl, dich aufzulösen. Du fühlst dich verlassen wie das Kind von damals. Ungeliebt und mutterseelenallein. Das macht Todesangst. Diese Angst kann das Kind in dir nicht aushalten. Du klammerst dich an den anderen, um die Angst nicht mehr spüren zu müssen. Du bist abhängig, weil du die emotionale Wunde aus deiner Kindheit nicht verarbeitet und nicht überwunden hast. Diese Wunde ist der Urgrund deiner emotionalen Abhängigkeit, in den du immer weder versinkst. Deine Bedürftigkeit braucht Zufuhr von außen. Du kompensierst, anstatt sie zu heilen. Das ist menschlich. Das ist verständlich und nachvollziehbar. Das funktioniert nicht.

Es ist nie genug. Es ist nie genug Liebe. Nie genug Aufmerksamkeit. Nie genug Zuneigung. Du wirst niemals satt.

Es ist ein Fass ohne Boden. Was hineinfließt, fließt wieder heraus. Du kannst es nicht halten. Du kannst dich nicht halten.

Du genügst dir selbst nicht, weil du als Kind nicht gefühlt hast, dass du genügst. Wie willst du es also fühlen? Deshalb bist du auf Liebe von außen angewiesen, die Liebe von anderen Menschen, die Stellvertreter für die sind, die dir die Liebe nicht geben konnten, die du so sehr gebraucht hast. Sie werden es nicht können. Niemals, weil sie nur Stellvertreter sind. Wenn du co-abhängig bist, lebt das Kind in dir in der Vergangenheit. Immer damit beschäftigt, alles zu tun, um endlich geliebt zu werden. Immer erfolglos, enttäuscht und leer. Ein sinnloser Kampf. Ein ewiges Suchen nach dem, was es nicht gab.

Die Vergangenheit ist nicht veränderbar. Das Kind muss ins Jetzt geholt werden. Es braucht dich im Jetzt. Es braucht deine Zuwendung, deine Aufmerksamkeit, deine Fürsorge, deinen Trost und deine Liebe. Aber wie willst du ihm all das geben, wenn du es in dir selbst nicht spüren kannst? Was du nicht spüren kannst, kannst du nicht geben. Was du nicht spüren kannst, kannst du auch nicht nehmen. Es ist nie genug vom Geben und Nehmen. Du hast Hunger.

Immer wieder, immer mehr. Tief in dir spürst du, dass dein Mangel an Liebe nur durch Liebe geheilt werden kann. Bedingungslose Liebe. Aber die gab es nicht und die gibt es nicht. Solange du ein Abhängiger der Liebe bist, ist die Bedingung deiner Liebe Abhängigkeit. Abhängigkeit ist nicht Liebe. Dir bleibt nur zu lernen, deine Angst, deinen Zuneigungshunger, deine Bedürftigkeit auszuhalten. Gefühle können nicht gelöscht werden, indem du sie verdrängst. Was du lernen kannst, ist diesen Zustand zuzulassen, ohne zu versuchen, ihm zu entkommen, ihn zu kompensieren oder ihn zu verdrängen. Versuche es so auszuhalten, wie es ist.

Lerne, das bedürftige Kind in dir auszuhalten. Es mitfühlend anzunehmen. Es zu beruhigen. Es zu trösten und zu lieben. Dich nicht mehr mit seinen Gefühlen und Gedanken zu identifizieren. Abstand zu nehmen und deine Gefühle und Gedanken zu beobachten, ohne dich von ihnen überfluten zu lassen. Ohne sie wegmachen zu müssen. Du kannst die Fähigkeit erlernen, die Gefühle und Gedanken aus der Vergangenheit im Jetzt auszuhalten. Und dann bewusst entscheiden, welche Bedeutung du diesen Gefühlen und Gedanken gibst. Du kannst lernen: Kein Gedanke und kein Gefühl sind Gesetz. Ja, du bist co-abhängig und wirst es bleiben, aber du kannst trocken werden.

Am Anfang des Weges ist Unliebe.
In der Mitte des Weges ist Abhängigkeit.
Am Ende des Weges ist Selbstermächtigung.